大活字本シリーズ

多田富雄

残夢整理

昭和の青春

埼玉福祉会

残夢整理

昭和の青春

装幀　関根利雄

目次

残夢整理

―昭和の青春―

一

レ・ゾアゾウ

N君の夢を見た。何十年ぶりであろうか。何しろ旧制中学一、二年生のころの同級生である。

N君は粗末なネルの着物を着て、何かに寄りかかって、木枯らしに吹かれながら立っていた。いや待てよ。一重のネルの着物で木枯らしとはおかしいではないか。でも夢の中では、紛れもなくネルの格子縞《こうしじま》の着物を着ていた。それも子供の着るような紐《ひも》のついた着物で、兵児《へこ》帯《おび》は締めていなかった。病気でもして寝間着のままだったかもしれない。でも、姿は中学生の少年だった。

彼の癖で、眩《まぶ》しそうに眉根《まゆね》をしかめて、木枯らしの中で一言二言言って行ってしまった。何を言ったのか覚えていない。

どうしてそんな夢を見たのか皆目わからない。それで、彼のことを思い出そうと、残夢を整理している。

彼とは終戦直後に、茨城県立水海道《みつかいどう》中学のころ同級だった。N君は、あまり目立たないおとなしい疎開《そかい》児童だった。私のような田舎の子と違って、色白の上品な子で、いつも眩しそうに瞼《まぶた》を顰《ひそ》めていたのを覚えている。当時は特に付き合いはなかったから、そんなことしか記憶に残っていない。私は間もなく、学制改革によってできた、郷里の町の新制高校に転校してしまったし、彼のほうも疎開児童だったから、東京に引き上げたはずである。

ところが、私が東京で受験浪人暮らしをしていたころに、街で偶然出会い、それから付き合いが復活し、私の本郷二丁目にあった下宿を頻々と訪れるようになった。

私はそのころ文学少年で、安藤元雄や江藤淳と、「ピュルテ」と言う同人雑誌を刊行していた。東大生ではなかったのに、ドイツ文学者の年の近い叔父の手引きで、東大の学生食堂で飯を食い、時々は図書館も利用していた。まず偽《にせ》学生というところであろうか。東大図書館の、天井が高い静かな閲覧室が、私の受験勉強の場だった。しんとした閲覧室に、床を磨いたワックスの匂《にお》いが立ち込めているのが、心を落ち着かせた。

N君は、よく下宿を訪ねてきた。彼も文学少年であることがわかって、よく文学談義を夜更《よふ》けまで戦わせた。彼は大学にはいっていなかったが、アテネ・フランセに通ってフランス語を習得していた。マラルメやボードレールの詩を、フランス語で流暢《りゅうちょう》に読んで聞かせてくれ、私を陶酔させた。そのころ読んだランボーやマラルメの詩は、今でもフランス語で暗記している。

N君のそのころ書いた詩はいくつも残っていないが、「ピュルテ」の創刊号に載った「曠野《こうや》」という詩は、

疾風は吹いて過ぎた
棘《とげ》ある曠野は泣いた。

枯れ木は、一つ、つらく立ち、
漂泊の私を、見送った、

に始まる十連の詩だが、なにか富永太郎の詩のような切羽詰った悲壮な響きで胸を打った。

新宿西口の喫茶店で行われた合評会には、霜降りの学生服を着た江藤淳も参加していた。やっと病から復帰し、本格的に文学活動を始めたばかりで、同じ号に「マンスフィールド覚書」という処女評伝を、本名の江頭淳夫で発表した。やがてこの雑誌で、批評家江藤淳が誕生するのだ。

N君の詩は、江藤から高い評価を受けた。そのとき「こういう詩を書いていると、やがて破滅するかもしれない」という意味のことを、江藤が言ったのが胸に引っかかった。

私はある日、N君をつれて、東大の図書館へ行った。もうスリッパはみんな貸し出されて、素足で閲覧室へいったのを覚えている。しばらくは静かに本を読んでいたが、やがて二人で目配せして屋上へ駆け上った。

四階の屋上から身を乗り出して下を見下ろした。通路には下水道の鉄のふたが見え、その上を学生たちがぞろぞろと歩いていた。それは、上から見るとなんだかつまらない群集の行進のように見えた。

私たちはそれを見ながら、マラルメの詩を反芻《はんすう》していた。今、手元に本がないので不確かだが、創元社から出ていた鈴木信太郎訳のマラ

ルメ詩集では、

肉体は悲し　ああ我あまたの書を読みぬ。
逃れむ、かしこに逃れむ。
未知の水泡《みなわ》と天空のさなかにありて百千鳥《ももちどり》、
酔ひ痴《し》れたるをわれは知る。

であったと思う。その「百千鳥」が、フランス語では、les oiseaux《レゾアゾウ》である。

私たちは眼下に見える群集を、「レ・ゾアゾウ」と呼んで、二人で笑い転げた。私たちは貧乏な偽学生に過ぎなかったが、あのぞろぞろと歩く集団とは違うと、天下の東大生を見下して、妙な優越感を感じたのだ。それから「レ・ゾアゾウ」は二人の間の隠語になり、「あんなレ・ゾアゾウは相手にしない」などと囁《ささや》きあったものである。青春の矜恃《きょうじ》があふれ出したのである。

そのうちにN君は、突然同人雑誌をやめ、私のところにも顔を見せなくなった。電気工事の職に就いたという連絡があったのを最後に、音信が途絶えた。酒に溺《おぼ》れて家にも帰らないと弟さんから聞いて、やっぱり江藤淳が予言したとおりになったのかと悲しかった。

その後彼のことは忘れていたが、何年かしてN君が大阪の西成地区で、自転車の窃盗で逮捕されたと風の便りに聞いた。事情を知らぬ私には、何がどうひっくり返ってそんなことになったのか皆目わからなかった。でも、そうなったのは、よくよくの事情があったに相違ない。西成といえば釜《かま》ヶ崎《さき》のこと、あの蒲柳《ほりゅう》の体で、日雇いの労務者をしていたのか。

裁判にかけられると聞いて、私は同じ中学の同級生と減刑の嘆願書を提出することにした。私が草稿を書いたが、なかなか法律用語は思い浮かばない。やっと、彼が善良な市民であって、若いころは才能ある詩人でありました。窃盗などする人間ではないと信じます、云々《うんぬん》と書くのが精一杯であった。

私が大学教授、連名した友達は外務省の高級官僚だし、他の一人は画家だったので、嘆願書はいくらか役に立ったと思うが、後になって、私は自己嫌悪《けんお》に陥った。間もなくN君は釈放されたと聞いたが、本人からは、何も音沙汰《おとさた》はなかった。

N君から手紙が来たのは、私が定年に近づいたころだった。したがって彼のほうも、六十に近い年齢になっていたはずである。

彼はそのころ、東京の下町にいた弟のところに身を寄せていたらしい。手紙は、健康を害している。精神も病んで、東京の病院に入院しているが、肝臓も心臓もぼろぼろになっているという。担当の医者は何もわかってくれない。ほぼ絶望だよと自嘲《じちょう》し、病院への不満だけがくどくどと記されてあった。あの誇りに満ちた少年N君の精神は、長年の放浪に砕け散ったように見えて切なかった。

でも、私にはどうすることもできない。なんと返事を書いていいかさえわからなかった。気休めを言っても、心が傷つくばかりだ。慰めても何の役にも立たない。私は、簡単に久闊《きゅうかつ》のお詫《わ》びと彼の知人の近況などを書いて、回復を祈っているとだけ記して投函《とうかん》した。

それからN君からの便りはない。でも死んだとは思いたくない。時時思い出しては、あの時ほかに何かできなかったかと反芻する。そんな潜在的後悔の念が、あの夢になったのかと思う。

彼が生きているなら、もう一度マラルメの詩を、流暢なフランス語で読んで聞かせてもらいたいと思う。一緒に日本橋あたりの百貨店の屋上に上って、「レ・ゾアゾウ」を眺めて、青春の矜恃を思い起こしたいと思う。

これで私の残夢整理は終わったのだろうか。残夢は、残夢のままがいいのかも知れない。

二　珍紛漢

一

火葬場従業員が、火掻《ひか》き棒で焼きあがった骨を叩《たた》き壊すと、火の粉が舞い上がった。火葬場特有の乾いた匂《にお》いがした。大きな骨はまだかすかに煙をあげている。

丸い頭蓋骨《ずがいこつ》の一部らしい骨の破片が転がり出た。内側に五センチほどの赤黒い斑点《はんてん》があった。主治医が解剖の後、脳に鶏卵大の転移があったといったが、その跡かもしれない。死ぬまで俊作を悩まし続けた、あの「珍紛漢」の元はここだったかとしばらく眺めた。

火葬場の人は、骨の山から小さい骨をひとつ摘《つま》み上げ、

「これが仏様の形をした首の骨でございます。今日の仏様のは、よく形が残ってる。全部お骨を骨壺《こつつぼ》に収めたら、最後にこれを一番上に載せてください」

と丁寧に教えた。

私たちはひたすら無言で骨を拾い集め、骨壺に運んだ。白い割り箸《ばし》が、骨をリレーするとき焦《こ》げた匂いを立てた。

ほぼ拾い終わると、火葬場の人が残りの骨のかけらの載ったブリキの板をごみ取りのようなものでさらい、全部骨壺に空けた。細かい骨片は粉のようなものを宙に舞い上げ、白い骨壺に吸い込まれていった。ブリキ板を火搔き棒でたたくガランと言う音が、骨拾いが終わったこ

とを告げた。

お清めが終わって、親族の一人が私のところにやってきてささやいた。

「いろいろお世話になりました。これで一切終わりました。雑司が谷の墓地に納骨するまで、東京の実家に安置します。あなたが俊作の一番の親友だったことは聞いて知っています。よかったら、俊作のお骨を持って下さいませんか。それを彼も望んでいると思います。妻の憲子さんは、意気阻喪して持てないから頼みます」

と、白い布に包まれた四角い箱に収められた骨壺を、私の腕に託した。

私はそれを胸に抱えて、黒塗りの車に乗り込んだ。それから小一時間、私は彼の骨を抱いて、東京までの道のりを車に揺られた。

もう三時間も前に焼きあがったのに、腕に抱えた骨壺は火のように熱かった。私は耐えきれなくて何度も持ち替えた。そのたびに一昨日まで続いていた、俊作の地獄のような苦しみを思って身震いした。

「珍紛漢」といったのは、最後のころ俊作が、妄想のため発した言葉を揶揄《やゆ》して、私が半紙に書いて病室に貼《は》っておいた言葉である。


画家永井俊作はその前の年、つまり昭和五十四年の年末から築地の国立がんセンターに入院していた。私が四十五歳の時である。二度目の入院で、もう末期だと誰も思っていた。

上顎癌《じょうがくがん》の再発だった。一度目の手術で顔の半分を切り取られ、端正だった彼の顔立ちは、見違えるほど醜く変形していた。放射線をかけたため黒ずんだ皮膚は、手術の跡をなお引き攣《つ》らせて、見るも無残な人間の残骸《ざんがい》を晒《さら》していた。

そのころ癌は肺にも広範に転移し、胸水で呼吸も困難だった。それより見かねたのは激しい痛みだった。狼《おおかみ》に肉を引きちぎられるような執拗《しつよう》な痛みで、一睡もできない日が続いた。

精神を病んでいた彼の、妻憲子さんは、もう半年あまり私の本郷の家の二階で暮らしていた。朝食が終わると病院に直行し、夜遅くまで付き添った。私も彼の病状が悪化した半年あまりの間は、一日も欠かさず、がんセンターに見舞った。五時を過ぎると、すぐ地下鉄を乗り継いで築地のがんセンターに急いだ。

私が行くと多少は気が休まるらしく、一緒に下手な連歌を巻いたり、その批評をしたりして痛みに耐えていた。多くは失われてしまったが、今手元には「年の瀬八句」という題をつけた連歌が残っている。入院して間もなくの、昭和五十四年の暮れのものである。

聞こゆるや　そは窓の音　人の声　　　俊
遠き聖歌に　時すぎわたる　　　　　富

とか、

祈れども　神慮に叶《かな》ふ　たよりなく　　富

丹色《にいろ》に匂《にほ》ふ　社《やしろ》悲しも　　俊

などとある。富は私、俊は俊作のこと。後の句は能「清経《きよつね》」で、壇ノ浦の合戦に敗れた平清経が、宇佐八幡《うさはちまん》の神託に絶望して入水《じゅすい》する話を、本歌取りにした付け句である。今読むと、当時の絶望感がひしひしと伝わってくる。

そのころはまだ俊作の頭は、冴《さ》え返っていた。

「あと、何か月位だと言ってたの」

と、主治医がいなくなると私に尋ねた。主治医からは、癌の末期だとは告知されていなかったが、俊作はうすうすそう永くはないと感づいていたらしい。

それが春になったら、少しく言動があやしくなった。ある日見舞いにいくと、痛み止めで朦朧《もうろう》とした目つきで、詩を作ったから書き留めておいてくれと頼んだ。私がペンを持つと、ちょっと怖い顔をして、

「お化け四匹輪にして遊ぼう
春の夕暮れ暖かい

ダリダリアダリン
ダリダリン
ビルの谷間は花盛り」

と、一息に書かせると、おびえたように目をしばたかせた。しばらく宙を睨《にら》んで、あとを考えているように見えたが、もういいよと力なく目を閉じた。妻の憲子さんは、

「今日は痛みが激しくて、鎮痛剤を二度注射してもらったのに、眠れなくて何かを考え続けていたようです」

と不安げだった。

私は、この詩の意味を測りかねた。以前に秋葉神社の火ぶせの御札に描かれた、尻尾《しっぽ》の長い小悪魔のような絵を面白がっていたので、それが踊っている夢でも見たのかと思ったが見当がつかない。天才特有のひらめきで湧《わ》き出た詩だろうが、私には「珍紛漢」であった。

ただ、「ダリダリアダリン」という、なんともいえない嫌な響きは、

俊作の名状しがたい不快感を表しているようで、いつまでも私の胸にこびりついた。

しかし翌日になると、昨日のことなどケロッと忘れてしまって、書いたものを見せたら、面白いといって笑った。続きは、と聞いたら、

「君が書けよ」

と、その詩が自分のものだとは信じなかった。それより連歌のほうに興味があるようで、

赤子の新しいこと信じなさい　　俊

という発句を書いた画用紙を私に渡した。私が付けられないという

と、参ったかと勝ち誇ったようにケラケラと笑った。

　そのあたりから、俊作の病状は日増しに悪くなり、夏を越せるかどうか案じられた。痛みでほとんどものが食べられなくなり、言葉を発するのもつらそうだった。でも相変わらず発句を一句ずつ巻紙に書いて、私に手渡した。それが日を追って乱れて、ますます「珍紛漢」になって行くのは悲しかった。

　私が、夏のある夕暮れに行くと、

「もう雪は止《や》んだの」

　とたずねる。今は夏だよ、と答えると、

「さっきまで雪の中を、樋口《ひぐち》とオートバイに乗って走っていたのに」

　と怪訝《けげん》な顔をした。

樋口というのは、彼が水道橋にある都立工芸高等学校の定時制に通っていたころの友達らしい。樋口君と付き合っていたのは、もう二十五年も前のことである。そんな「珍紛漢」の会話を聞いて、憲子さんは眼を背けてすすり泣いていた。

癌は全身の臓器で増殖しているらしかった。初めはひどい頭痛がするといっていたが、まもなく下半身の麻痺《まひ》が起こり、糞尿《ふんにょう》は失禁し、口がきけなくなった。苦痛を訴えることもできない。時々筆談で話をしたが、「珍紛漢」はますますひどく、震えた無意味な文字が画用紙に連なった。

絵描きなんだから、字が書けないなら絵でもいいよ、何か欲しい物はないかと聞いたら、見事なアイスクリームの絵を描いた。金属の容器に丸いクリーム、ウェハースと四角いスプーンも描き添えられていた。私は病院の食堂に頼み込んで、絵に描かれたようなアイスクリームを届けてもらったが、彼はそれを見てうなずいただけで食べようとしなかった。

死が彼を凌駕《りょうが》していた。俊作の顔は頬骨が突き出て、能面の「痩《やせ》男《おとこ》」そっくりになった。私がいるときもずっと傾眠状態だった。眉根《まゆね》にしわを寄せ、何か陶酔したような表情になった。体はかすかにアーモンド臭がして、病室全体に漂った。私はそれが死の臭《にお》いであることを察知した。昔、病理学で習った「悪液質」とはこれのことかと、改めて認識した。

夜遅く病室の暗い灯りで見ると、俊作は鼾《いびき》をかいて眠っていた。青黒い顔から舌が覗《のぞ》いていた。黒い犬のような舌だった。私はなぜか涙がこみあげてそそくさと病室を後にした。

持続点滴が、かろうじて彼の生命を保っていた。酸素吸入が開始され、俊作の体のすべての管は外部の管につながれ、彼の生命機能は計器で管理されていた。機械の断続的電子音で、病室はある種の緊迫感を増した。

九月にはいると、もう何日もつかだと、主治医に耳打ちされた。憲子さんは、病室に付きっ切りになった。たまには私が代わりに泊まった。一晩中見守って、明け方に窓の外を見ると、病院の下は築地市場で、明かりが煌々《こうこう》とついているのに気づいた。トラックが頻繁に出入りし、せりが始まっていた。彼の意識があるうちは、そんなことにも気が付かなかった。私はこの病室に通って、半年あまりになるが、外のことはまったく注意しなかった。ただこの狭い病室の中での、半年だったのだなと反芻《はんすう》しながら朝を待った。

憲子さんから、俊作が昨夜の明け方に息を引き取ったと電話があったのは、間もなくのことだった。心配していたのに、彼女は気丈だった。これから親族に知らせるという。

「解剖させてくださいと先生から言われたんですけど、どうしたらいいんですか。私は、これ以上俊作を傷つけたくないんですが」

と相談された。私は、

「どうしてあんなに苦しんだのか、それに『珍紛漢』の原因だってわかるかもしれない。解剖で遺体が冒瀆《ぼうとく》されるようなことはないから、安心してお願いしたらどうだろうか。今後の患者の治療の参考にもなるんだから。僕もすぐ行くから待っていてよ」

と、答えた。

身支度を整えたが、彼が死ぬことは、もう予定されていたので、実際に死んでも、ただ拍子抜けするばかりだ。あんなに恐れていたのに、涙も出なかった。

勤め先に言い残して、がんセンターのある築地に急いだ。着いたときは、もう解剖は終わって遺体は霊安室に安置されていた。遺体はきれいに清拭《せいしき》され、頭はガーゼと包帯で巻かれていた。それを見ても何の感慨もおきない。

病室に行くと、憲子さんが取り乱すこともなく、一人でぽつんと座っていた。病室はきれいに荷物が片付けられて、昨夜までの修羅場はどこかへ消えうせていた。空気が入れ替えられたため、俊作の臭いさえ失《う》せて、もう次の患者が来るのを待っていた。

主治医が私を廊下に呼び出し、解剖の所見を耳打ちした。癌は全身に転移し、そのための多臓器不全であった。とりわけ右の大脳には鶏卵大の転移があり、脳機能も障害されていたと聞いて私は納得した。

「珍紛漢」の正体は見届けたと、俊作に報告したかった。

遺体は霊安室で一夜を過ごし、翌日の火葬を待つことになった。私たちは病室を早々に追い出され、私の俊作の苦しみへの付き合いは終わった。

これで全部頭の整理ができたというわけには行かなかった。幸い彼の奥さんは、実家の妹の元に帰って平静を取り戻したが、私は妻と家で、がっくりしていた。これから私は俊作の死と向き合わなければならない。

私はその夜、彼との三十年に及ぶ付き合いを反芻して初めて泣いた。枕《まくら》を抱えて、人目をはばからず声を上げて泣いた。涙がとめどもなく流れた。

明日は骨を拾ってやるよ。それがすんだら、君の事を書いてやる、と心に思ったが、それは三十年もあとの、今になってしまった。

そんなわけで、これから画家永井俊作のことを書き残しておくことにする。それは無名の天才画家をめぐる、私たちの青春の記憶である。

二

そもそものはじめは紺の絣《かすり》かな

という安東次男《つぐお》の句があるが、話はいきなり田舎の旧制中学校二年生の昔まで遡《さかのぼ》る。

私は、昭和二十二年に、実家を離れて茨城県水海道《みつかいどう》町の県立水海道中学に入学した。実家のあった結城《ゆうき》町には、農学校と女学校しかなかったため、私を医者にしたいと思っていた開業医の祖父が、娘が嫁いでいた普通科の中学校があった水海道の親戚《しんせき》のもとに私を預けたのである。私は女学校の英語教師をしていた叔父夫婦のもとで、いわば英才教育を受けることになったのだ。

まだ戦後間もないころであった。紺の絣ではなかったが、私は戦闘帽にカーキ色の国民服を着て入学式に出席した。同級生には、戦火を逃れて疎開《そかい》していた東京の子も大勢いた。私は土地の子とも、疎開児童とも違うので友達は少なかった。

二年になったとき、私より一年上で、進級できなかった生徒が、落第して同じクラスに入ってきた。その中に永井俊作がいた。

始めから変わったやつだった。学校の二階の窓から、蝙蝠傘《こうもりがさ》をさして飛び降り、おいてあった自転車に腰をぶつけて、学校を休んだ。力学の計算では軟着陸できたはずとほざいていた。そのころから「珍紛漢」の素質があったのだ。私は始めから敬遠していた。

ある夏の日の放課後、彼は独りで教室にいた私に突然話しかけた。

「おい、夏休みの国語の宿題をやってくれないか。代わりにお前の製図の宿題をやってやるよ」

私は先刻、担任の塚田先生から、製図の描き方がなっていないと、絞られたばかりだった。塚田先生は、東京高等工芸学校を出られて、結核療養もかねて、水海道中学に赴任されたエリートの教諭であった。後に高等工芸学校は千葉大学の工学部に吸収され、先生も千葉大の工芸意匠科の教授に迎えられた。

先生はこんな田舎の中学に赴任されても、学生の教育に情熱を注ぎ、やる気のある生徒には自宅を私塾のように開放し、才能を引き出してくれた。私も俊作も、そこに出入りしていた。疎開児童が多かったが、土地の子も混じって、学問や芸術の高い志を注入された。同期生の中から、大学教授四人をはじめ、画家二人、歌人、外交官、実業家などを輩出したのは、田舎の中学では珍しいことだった。もっぱら塚田先生のお陰である。

前置きが長くなったが、私は塚田先生から、国語、特に古文や文法ではいつも褒められていた。俊作はそこに目をつけたらしい。

先生の宿題はいつも難しい。できないと、「お説教」と称してねちねちと何分も叱《しか》られた。だから彼の申し出には二つ返事で賛成した。

国語の問題は、漢文を現代語に直すだけだから、二種類の模範解答を作るくらい簡単なものだ。それに比べれば製図のほうが難しい。机の立体図を描けというものであった。

二、三日たって、漢文の宿題を持っていくと、彼は大きな方眼紙をゆるく巻いたのを私に見せた。開いてみると、見事な机の立体図が寸分の狂いもなく描かれてあった。彼の家には建築士が使う斜めになった画板と、上から吊《つ》られた定規があったのを思い出した。

「これじゃあ専門家が描いたみたいだ。先生にばれちゃうよ」

「大丈夫、大丈夫。誰が描いたって同じようなものだろ」

と、こともなげに言って、彼は私の書いた漢文の宿題を摑《つか》んで走り去った。

私はとうとうその製図の宿題を提出できなかった。あまりにも上手すぎて、私には、まるでレオナルド・ダ・ビンチの素描のように神々《こうごう》しく見えたからだった。早熟だったとはいえ、中学二年生の描いたものとは到底思えない。宿題では損したが、私は俊作を、自然に尊敬の目で眺めるようになった。

ところが突然、温厚な叔父が珍しく厳しい顔をして、私に、

「永井君とは付き合ってはいけないよ」

と、言った。俊作が偽札《にせさつ》を使って、警察に捕まったというのだ。

学校でも偽札つくりはすぐ評判になった。彼は使う目的でなく、十円紙幣を流麗な線を駆使して模写し、うまく描けたのでどうしても試して見たくなった。駄菓子屋で使ってみたが、店番のおばあさんはまったく気付かなかった。家人に自慢して、初めて大騒ぎになった。警察が入って余罪を追及されたが、単なるいたずらとわかって、きつくお灸《きゅう》をすえられて放校は免れた。父兄は彼との交際を禁じたが、彼は動じる気色はなかった。

私は彼の無鉄砲な度胸に感心して、ひそかに家来のようになって仲良くしていた。しかしこの年には学制改革が行われ、旧制の県立中学は廃止されてしまった。私たちは新しくできた新制高校に翌年編入されることになった。俊作たちのように東京から疎開していた学童は、翌年には東京に去り、私たちはばらばらになった。私も生家に帰り、俊作との縁もここで切れたと思われた。

次に俊作に会ったのは、私が高校三年の夏休みに、受験勉強のため東京・本郷のゴム問屋に身を寄せていたときである。彼は水道橋の東京工芸高校の定時制に通っていた。朝は苦手だから遅くまで寝ている。昼ごろ起きて、午後には絵を描き、夕方に登校する。南砂町の鉄工所の息子、樋口君とバイクを乗り回して遊んでいた。

本郷通りを歩いていて、ばったり出会ったのが契機で、よく遊びに来るようになった。三年も会っていないうちに、いっぱしの悪になっていて、受験勉強に現《うつつ》を抜かしていた私を見下した。しかし田舎の中学校の思い出話になると、目を輝かせた。

四谷にあった彼の家の部屋は、油絵の具のチューブが散乱し、描きかけのキャンバスが何枚も立てかけられた八畳間であった。いかにも俊作らしく、押入れはベットに改造され、扇風機が作り付けになっていた。スケッチブックのほかは、物理の本が二、三冊あるだけだった。

彼も二年後に定時制高校を卒業したら、東京芸術大学を受験する予定だったが、受験勉強などまるきりしていなかった。一緒に勉強しようということになって、付き合いが再開した。しかし実際には、勉強などしないで復興途上の東京の街を、路面電車を乗りついだりしてほっつき歩いていた。

私は一浪して医学部へ進学し、彼は定時制から私と同じ年に、現役で芸大の油絵科に入った。しかし二人ともそれで落ち着いたわけではなかった。

私は江藤淳らと詩の同人雑誌を出して、文学仲間と新宿あたりにたむろしていた。一方俊作は、奈良の仏像に夢中になって、暇さえあれば奈良に入り浸りになった。

二つの離れた円が重なってゆくように、私たちの青春の夢が重なった。俊作は私たちの同人雑誌に詩を発表するようになり、私も彼に従って奈良に頻々と旅するようになった。奈良公園の前の「日吉館」という、当時、古寺めぐりの美術愛好家には忘れられない安宿に長逗留《ながとうりゆう》して、飛鳥《あすか》、大和、吉野などの社寺をめぐった。なんという豊かな時間だったろうか。青春とは、ものも金もなかったが、何かがあふれていた。

当時、俊作は「山姫の宮」という50号の油絵に没頭していた。こんもりとした緑の島に波が打ち寄せ、鮮やかな丹《に》塗《ぬ》りの鳥居が描き出されていた。荒海から続く緑の山は、画面からはみ出さんばかりに燃え上がっていた。紺碧《こんぺき》の荒れた海は白い牙《きば》をむいて怒っていた。木隠れに続く褐色の小道の先に、風に逆らうように真っ赤な鳥居が突き立っていた。私の知らない伝説の、「山姫」を祀《まつ》った祠《ほこら》であろう。堂々たる日本の土俗神話の表出であった。そこには、俊作の日本の伝統美への傾斜が現れていた。

私は目を見張ったが、俊作はなぜか気に入らなかったらしく、半年あまりも修正を繰り返していたが、ついに未完成のまま、どこかへしまい込んでしまった。

もうひとつ俊作が熱中していたのは「発明」である。町の発明家のレベルではなく、本格的な発明と機械の開発である。彼の発明は、いくつか特許を得ているが、実用になったものはない。

俊作の発明の一つに、五進法の時計というのがあったのを覚えている。時計は十二進法で時を告げる。ボンボン時計は、最大十二回まで音を鳴らす。

それを五進法にすれば、一時から四時まではその数だけチーンという音を鳴らす。それが五時になると、ボーンと別な音が鳴る。六時はボーンチーンである。十時はボーンボーン、したがって十二時はボーンボーンチーンチーンである。

馬鹿馬鹿《ばかばか》しい。何の役にも立たないというと、

「眠ってるとき、十二個も数えるのは面倒じゃないか。最大四つの音だったら数えるのも楽だし電池だって長持ちする。大体君は役に立つことを発明と思っているらしいが、間違っている。そんなのは二の次なんだ。新しい原理を見つけて応用することが、本当の発明なんだよ」

と言い張った。彼にとって発明とは、実用になるものを作り出すこ

とではなかった。これまでと違った新しい原理を、具体化することであった。役に立つことは、実用新案という一次元下のことなのだと嘯《うそぶ》いた。

私はなるほどとうなずいた。私が後に医学の研究をするようになって、何かを発見したとしても、それ自身は病気の治療や診断には役にも立っていない。役に立ったのは、そこで新しく見つかった原理を応用して薬を開発した製薬会社の人たちであろう。それは私の関知したことではない。研究をするとき、それが役に立つかどうかは二の次なのだ。私はこのとき俊作に教えられたのである。

そのほか瞬時に点《つ》く蛍光灯とか、自動車の方向指示器とかの特許をとっていた。製品になったものは皆無だった。

そのころ、俊作の芸大での同級生には、後に前衛画家として活躍した中西夏之氏がおり、俊作は彼には一目おいていた。頻繁に中西氏の家にも出入りし、彼の芸術を賞賛していた。

しかし、中西氏の抽象画に傾倒していた一方で、俊作は別の道を模索して苦闘しているようだった。イギリスの画家フランシス・ベーコンに引かれて、具象画に新風を吹き込もうとしていたらしい。激しくデフォルメされた裸婦像を、やはり二年がかりで苦しんで描いたが、ベーコンほど徹底して存在の根源までは降りてゆけず、途中で足踏みして悩んでいたと思う。画家というものが、これほど深く苦しむ存在だとはそれまで知らなかった。まっすぐに抽象を突き詰めていた中西氏に、ひょっとして俊作は嫉妬《しっと》していたのではないかと思った。

スランプに悩む様子もなく俊作は、私と「メタフィジック詩」という同人雑誌の創刊にも参加した。私が編集者であった。彼は新しい仲間と、詩や評論を毎号発表した。

印象に残った俊作の詩をあげたい。「黒《ノアル》」という詩劇である。全文を引こう。

黒《ノアル》―「最も短い詩劇」

（Iの語る）

幾夜寒む、人々のオオヴァアが舞い、幾夜明け、たたずむ人に菫《すみれ》が咲き、海辺とも見える草原の上の、黒い人の形に似た土の山が、あまりにも素朴に横たわっている。

私は、野の空を白々とした、原初の風がびゅうと吹きすぎ、梢《こずえ》を渡る風の掌が絢爛《けんらん》として星を運ぶのを見ていた。そして故《ゆえ》もなく、悲しむ乙女のように透明な北斗にかざす夜を急いだ。

さやや竹、さやや、青竹の幹は夜風にそよぎ、さややとふるえる心。

（Ⅱの語る）

君はチリの海岸を知っているだろう、シスレーの王妃街道のような道が、波止場から山の街にのぼってゆく。

君よ、黒い陽炎《かげろう》に住まいたまえ、そこに聞こえるのは黒人の歌、真っ黒な音の鏡である。そこに黒いつややかな笑いの影や海底のピアノが映り、陽に住まう音。日本の微笑は意味が判《わか》らぬというが、黒人の笑いは如何《いか》に。

（二人のいた席に、銀の食器盆を手にした表情豊かな黒人の太った女が現れる。照明がたちまち明るくなる。）

（黒人の女語る）

ぱっと緑のカリフォルニア、汚《けが》れ一点ない、葉に散らばる光に、かの人の眼差《まなざ》しがありますわ。

風車がまわっていれば、花は目もくらむ緑のカリフォルニア。にわかに足元の草原笑い、茨《いばら》の冠かぶった王者の巻き毛から、滴《したた》り落ちる血液の宝石。かの人の笑いは如何に。

Danger! danger! But We've passed!

（IとⅡは語らず。スピーカーのアナウンス）

シャンデリアの上は　さむい　さむい　氷の結晶。

（黒人の女）
あおい　あおい　あおい　若葉のひかり　なつかしや　はたん杏《きょう》の
風が吹いた。うすみどりの風が吹いた。

（幕）

特に意味を論じるつもりはないが、俊作の視覚的に鮮烈なイメージがよく現れていると思う。

俊作はやがて、バレリーナをしていた憲子さんと結婚したのを契機に、突然芸大を退学してしまった。神奈川県の真鶴《まなづる》の山中にアトリエを構えて、そこで自由に絵に精進することにしたという。しかし、私には理由はよく分からなかった。

そのころ俊作は、直径五センチくらいの灰色のグニャグニャしたボールをポケットに入れて持ち歩いていた。シリコンという新しい高分子素材だった。

シリコンは、ゆっくり伸ばすとどこまでも伸びるが、急に折り曲げるとポッキリ折れる。平らなところに置くと、ダラリと液体のように広がるが、金槌《かなづち》で叩《たた》くと粉々に砕け散る、当時話題の新素材だった。

彼はポケットからそれを出しては、何時間もひねくり回していた。これで何かを発明しようとしていたらしい。私にも、何か医療に役に立つに相違ないから考えろ、と迫った。

結局はものにはならなかったが、彼の脳の中で、液体とも固体ともつかぬグニャグニャした灰色の物体が、出口を求めて右往左往していたのを、印象深く眺めていた。

そのうち私はアメリカに留学して、免疫学の研究に没頭するようになったが、頻繁に航空便で文通しては、お互いに新しい発見や発明を報告しあった。私の論文には、どこか思弁的なところがあるといわれたが、それは俊作との文通で討論しあった結果得られたアイデアであった。

当時の彼は、絵よりも発明の方に力を入れていた。製品とはならなかったが、いくつか特許をとって、ソニーの井深大《まさる》会長にもその才能を認められていたようだ。

私が留学先から帰国して、母校の千葉大学の助手になったので、俊作との交流はますます緊密なものになった。彼の兄は私たちを「あいつらは精神的ホモだ」と語った。

私は妻との間に、三人の子供が生まれ、俊作が設計してくれた家を千葉市に新築した。いたるところに彼の独創が生きていて、玄関の庇《ひさし》は逆向きに天を向いていた。樋《とい》で雨を流していたが、樋が詰まると大ごとであった。子供たちは、L字型に組み合わせた三段ベッドで育てた。彼の提案で二十畳あまりの部屋に、薪《まき》をくべる暖炉を設置した。その上の壁には線路の枕木《まくらぎ》を埋め込んだが、タールが浸《し》み込んでいたので、臭《にお》いがきつくてこれだけは往生した。

ここでの生活が私の一生を決定したようなものだ。俊作は、私の研究のアイデアの源泉であった。

三

運命は足音を忍ばせて近づいて来た。

「このごろ歯茎が腫《は》れるんだけど、どうしたらいい？」

と、俊作が尋ねたのは、昭和五十四年の春のことであった。見れば右の奥歯の根元が赤く腫れ上がっていた。歯を磨いているか、と聞くと、彼は、

「ああ、時々はね」

と答えた。

習慣的な歯磨きなどしたくない。必要がどこにあるかというかにも彼らしい口調だった。

「物は必要に応じてやるものだ」

「それじゃあ歯槽膿漏《しそうのうろう》になるよ。その始まりかもしれない。歯医者に行けよ」

と勧めた。

彼は近くの歯科に行って受診したが、

「どちら側の歯ですか」

と歯科医が覗《のぞ》き込みながら訊《たず》ねた。俊作はとっさに、

「向かってですか」

と問い直したという。

歯科医は怒って、さっさと処置をして、説明などしてくれなかった。

それは笑い事ではなかった。歯の腫れは一向に治まる気配はない。

という。

歯科大を受診したが、医師は首をかしげて、カルテにCa?と書いた

「それは大変だ。Caとはキャンサーの略、つまり癌《がん》の疑いということだ。しっかり聞いて来いよ」

と促したが、私もそれほどの切迫感は持たなかった。

歯科大では試験切除をしたが、その当時は、癌と診断しても、患者に直接告知はしないことになっていた。医師は単に、

「手術しましょう」

とだけ薦めたという。

私のいた千葉大には、勝《すぐ》れた癌の専門医がいたので、ともあれ組織標本を借りてくるように言った。しばらくして届いた標本を見た組織

病理学の権威は、

「君も見ておけ」

と、手招きした。

顕微鏡を覗き込んで、私は仰天した。そこには一見して悪性とわかる大型の未分化細胞が、紫と赤に染め分けられて、まがまがしく映し出されていた。

病理学者は言った。

「かなり悪性だね。残念ながら予後の見通しは暗い。本人には告げないほうがいいよ」

私はうろたえて病理学者に訊《き》いた。

「手術はどこでやったらいいですか？」

「最近熊本大学の教授に赴任した、石川君なら上顎癌《じょうがくがん》の手術の権威なんだが……」

「石川教授なら僕の親友です。赴任したばかりだから、千葉まで来て手術してくれるでしょう」

私は家に帰って、俊作に電話した。

「手術は千葉大の付属病院でやることに決まった。心配ないよ。友達の熊本大学の教授が、出張してやってくれるってさ」

「やけに大げさだな。たかが歯槽膿漏だろ。でも君の言うことに従うよ」

「まあ、顔に傷が残るから、名人に任せたほうが、安心だ」

と電話を切った。

石川教授は、前もって撮ってあった何枚ものX線写真を見て顔を曇らせた。癌は頬の骨まで溶かして視神経を圧迫していた。顔半分を切除するほどの大手術になるという。

「眼球は何とか残すけど、頬骨はかなり削るから顔貌《がんぼう》は変わってしまう。言葉も障害されるが、いいですか」

「それは仕方がないが、彼にはなんと話そう。それに転移だってあるんでしょう」

「そうそう。それもあるから、告知できないんだ」

「彼は癌と知っても、死の覚悟はできるはずだ。告知したほうがいいと思う」

「それは疑問だ。告知されたら生きる気力がなくなる例が多い。告知は勧めないよ」

それが当時の医者の常識だった。結局告知は死ぬまでされなかった。私はそれを隠したことで、一年半余り苦しむことになる。

七時間に及ぶ手術はうまくいった。癌病巣《びょうそう》は、神経を傷つけることなく、きれいに取れたという。あとは転移をたたくための放射線照射療法である。

麻酔から醒《さ》めない俊作は、ミイラのように包帯でぐるぐる巻きにされて、音もなく横たわっていた。ともあれ私は安堵《あんど》の胸を撫《な》で下ろした。しかし、この包帯が取れたとき、彼はなんと言うだろう、私はなんと説明したらいいかと暗澹《あんたん》とした気持ちになった。

包帯が取れた日、彼はすでに顔の感覚で大方は予想していたらしい。

鏡を見ても動じた様子はなかった。包帯が取れたことを単純に喜んでいる様子だった。それが彼の気配りだったとは誰も気づかなかった。しゃべれないのは手術直後だからで、おいおい良くなると楽観的に考えているようだった。

ショックを受けたのは、むしろ私のほうだった。端正だった俊作の顔の右半分は、彼の尊敬していた画家フランシス・ベーコンの絵のように、激しくデフォルメされて原形をとどめなかった。ヨードチンキで塗りたくられた皮膚は醜く引き攣《つ》れ、どうにか残された目玉だけが、お化けのようにぎょろりと覗いていた。不自然に縫い合わされた皮膚の片方には、黒い無精ひげが伸びかかっていた。言葉も不自由になり、もぞもぞと不分明な言葉をつぶやいていた。到底あの才気煥発《かんぱつ》な、もとの永井俊作ではなかった。

彼はそんな状態からめきめきと回復した。約三ヶ月の入院の間に、言葉も何とか聞き取れるようになった。上顎の大きく欠損した部分も、プロテーゼ（装具）で補い、人間らしい顔つきになった。

受け持ちの医者とは、すぐに友達になり、治療についてもあれこれ口出しをしていた。放射線科の医師が、コバルトの線源から病巣に向かって照射する略図を描いたら、彼はすぐに画用紙に、こうすればいいじゃないですかと、自分の頭蓋骨《ずがいこつ》に放射線が貫いている立体図を描いて渡した。まだコンピューター画像が普及していないころだったから、医師は舌を巻いた。

すぐに放射線のやり方は修正され、俊作のやり方が採用された。そればかりか、彼は放射線科の医師に、ほかの患者の照射の略図も頼まれるようになり、病棟ではちょっとした人気者になった。看護師の間では、

「永井さんは、三億円強奪事件の犯人と似ている。時効になったけど、間違いないわ」

と、まことしやかな噂《うわさ》が流れた。俊作は強いて否定しなかったばかりか、それらしい怪しい振る舞いで看護師たちの興味を煽《あお》った。

こうして、つらい放射線治療も夏の間に終わった。秋風が立つころ、彼の長い入院生活は終わった。顔貌がかわった俊作を我が家に迎えて、主治医や友人を招いて盛大な退院祝いをした。彼はこれで無罪放免になったと酔って涙をこぼした。

何しろ三ヶ月を越す入院生活だった。妻の憲子さんは、その間私の家に泊まったり、大学病院の近くの旅館を転々としたりしながら、彼のいる病棟に通った。みんな疲れ果てていた。私と妻は祝杯の酒を飲みながら、このまま再発がないように祈るばかりだった。

その年には、私が東大の教授に就任し、身辺は慌《あわ》ただしかったが、俊作は中古のスポーツカーを購入し、それを乗り回していた。病気で失った時間を取り戻そうとするかのように、活動的に暮らしていた。再発の兆候はなかったので、私は安堵して研究に専念していた。

昭和五十四年の冬は、暦では三の酉《とり》まであった。俊作はわざわざ三の酉を見ようと、東大に移った私のところまでやってきた。例のぼろ車に奥さんを乗せて、陽気に真鶴の山から降りてきた。二人乗りのスポーツカーは、買って間もなく起こした転落事故で、あちこちがへこんだりガムテープで修繕してあった。

一緒に浅草の鷲《おおとり》神社まで、人ごみをぬって歩いた。彼は突然、胸が痛いと人ごみの中でうずくまってしまった。とにかく連れ出して休ませた。その前を神職が馬に乗って通り過ぎた。

しばらくして、顔を上げた俊作は、この間から胸が重苦しいのだが、ぶら下がり健康法というのをやったからかもしれないといった。また珍紛漢なことをしてと私は笑ったが、癌の再発かも知れないと、冷水を浴びせられたような気がした。

急いで家に帰って、翌日千葉大学を受診させた。彼が帰宅する前に、千葉の友人の医師から電話があった。恐れていたことは的中していた。

X線画像で右肺がまっ白になっていると告げられた。転移が広がって、右の胸郭いっぱいに胸水がたまっているというのだ。

「もう僕のところでは手の打ちようがありません。国立がんセンターに紹介状を書きますから……。患者には古い結核が、放射線で悪化したといっておきました。結核性胸膜炎ということにしてありますから、よろしく」

私は彼にどう説明するかを悩んだ。しかし俊作は鼻歌交じりで帰ってきた。

「結核の再発だってよ。昔、肋膜炎《ろくまくえん》をやったことがあるんだ。結核だったら、今は治るんだろう。専門の医者を紹介してもらった」

指定された日にがんセンターを受診し、すぐさま入院となった。内科医長は、私も顔なじみのN先生だった。彼なら癌の化学療法の専門家だ。最善を尽くしてくれるだろう。

「胸水は抜いておきました。化学療法を始めますが、余命は長くて一年でしょうから、症状が取れたら家に帰しますよ」

「告知はどうしましょう。彼はそれをのぞんでいると思うけど」

「止《や》めておきましょう。本人は結核だと思っている」

と、また秘密を守らされた。

一月ほど入院して俊作は真鶴の家に帰った。いつからかは知らないが、彼には癌の末期であることがわかっているようだった。なにしろ行った先が築地の国立がんセンター、病名についてもはっきりといわない。何か隠しているようだと気づかぬはずはなかった。加えて、採った胸水は、血液で真っ赤だったという。

帰ってから、奥さんの憲子さんには、後のことについてこまごまと話したという。しかし、私には結核で通しておこうと決めたようだ。私のほうから告知できないわけなど、とうに見通していたと思う。私たちはお互いに、あからさまな秘密を守りながら、ひとつの死が成熟するのを、共同で待つことになる。その駆け引きの重苦しい日が続いた。

彼は真鶴のアトリエに籠《こも》って、50号の油絵の大作に取り組んだ。名目は翌年の日仏現代美術展に出展するといっていたが、それが最後の制作になると覚悟してのことであることが私にも判《わか》っていた。

電話をかけると、以前と同じように喜んで応対したが、憲子さんは、時間を惜しんで制作に熱中しているという。何度も描きなおしているといった。

気になったのは、右の胸がやはり重苦しいという愁訴だった。なんとも言いようのない重苦しさであった。それは日を追って激しくなり、とうとう一ヶ月後には痛みと変わった。鎮痛剤が効かない鈍痛だった。

その中で彼は制作に没頭していた。うめきながら描いていると、憲子さんは電話で報告してきた。

私は真鶴の彼のアトリエに行ってみた。いつの間にか彼の家の周りには、二、三軒、家が新築されていた。ぐるっと回って庭のほうから声をかけると、ガラス戸の向こうに俊作の声がした。思ったより元気な声だ。

「ややあ」

と、家に上がらされて、アトリエの絵に対面する。

横長の50号の絵はほぼ完成していた。遠く地平線が見え広々とした草原が目に入った。そこには黒い針金細工のような一台の自転車が、こちらを向いて走っていた。倒れそうになりながら走っている誰も乗っていない孤独な自転車であった。

空は濃いブルーに染まり、こちらから遠い地平のかなたに、真綿を引き伸ばしたような白い雲がたなびいていた。地平からこちらに向かって茶色の道が続き、自転車はこの道を走ってきたらしい。画面の切れる左右には何か布のようなものが、画面からいまや逃げ去ろうとしていた。

「この自転車は？」

「僕が乗ってきたんだ。僕は透明人間なのさ」

と俊作は皮肉っぽく呟《つぶや》いたが、心なしか元気がなかった。

「でもこの自転車が、気に食わない。何か違うんだよ。まだ話は終わりじゃないんだ」

と心残りのように画面を見上げた。

体のことを聞いたが、ここ数日は痛みもなく、食欲もあると答えた。真鶴の新鮮な魚を憲子さんが料理して、その夜が最後の酒盛りとなった。

その後、俊作はほぼ完成した絵を大幅に描きなおした。ほとんど原型を認めないまで改変した。それを目にしたのは、彼ががんセンターで死んだ後、この絵が日仏現代美術展から帰ってきたのを開いた、彼の遺体が火葬された後であった。

俊作は生前この絵に納得がいかず、病気で苦しみながら、何度も修正を加えていた。もう時間は押し迫っていた。その間中、執拗《しつよう》な痛みが彼を襲っていた。恐らく癌は全身へ転移していたと思われる。狼《おおかみ》に肉を食いちぎられるような激しい痛みだったという。今のようにペインクリニックで痛みをコントロールする専門家などいなかったころだ。鎮痛剤を飲みながら、痛みの合間を縫って、彼は制作に励んだ。憲子さんは、おろおろしながら、見守るほかはなかった。

ようやく完成したときは、痛みのため身動きもできないと私に電話してきた。私はがんセンターの受け持ちのN先生に電話して、すぐに入院させてくれと頼んだ。本当は待たなければならないところ、数日の間に緊急入院が許された。俊作はその間に、絵を日仏現代美術展に出品するために送り出した。

展覧会が終わったら、私の本郷の住所に送り返す手続きも済ませた。もう自宅には戻れないと覚悟してのことだった。それが俊作の最後の仕事になった。

彼は病院に直行して、急いで見舞いに行った私に、

「絵が帰ってきたら、引き取ってくれよ」

と頼んだ。入院してからも半年余り、私は彼の痛みとの戦いに毎日付き合った。仕事は忙しかったが、一日も欠かさず築地まで通った。

そして俊作の死は、一日一日密室の中で成熟していった。それが私

たちにとって、かけがえのない濃密な時間であったことは、はじめに書いたとおりである。

彼の死後、木枠に収められて送られてきた彼の遺作を開いた。「廃砲と廃兵」というタッグがついていた。

全体の構図は先に書いたとおりだが、地平から続いていた道はなく、自転車も草原の緑にかき消されていた。その代わりに、白い包帯でぐるぐる巻きになったミイラのような一人の男が、腕枕《うでまくら》したような形で横たわり、その隣に白っぽい針金細工のような大砲が、地平に砲口を向けて置き去りにされている。

空はあくまで青く心が吸い取られるようだが、低い白い雲がはるか地平の一点に向かってたなびいている。草原のむしりとられたような赤土の上に横たわったミイラのような人物は、おそらく自分を描いたものだろう。針金細工のように地面が透けて見える。天に向かってむなしく砲口を向けている廃砲はおそらく俊作の果たせなかった熱情、もう前に進めなかった自転車の代わりに書き加えられたものに相違ないと思う。透明人間は地に落ちて横たわった。

それにしても心を吸い取られてしまいそうな、青空にたなびく白い雲はどうだろうか。ひとつは真綿を引き伸ばしたように波を描きながら遠い空に弧を描いている。私にはそれがどうしても得られなかった「永遠」に見えてならない。

私の書斎の目の前にかけてあるこの絵、「廃砲と廃兵」は、今でも私の詩心を刺激し続けると同時に、「精神的ホモ」とまで呼ばれた

「珍紛漢」な友を、切実さをもって思い出す動機になっている。

実際彼の死は、私の生きた半身をちぎり去った。後年、突然の脳梗《のうこう》塞《そく》で、本当に右半身の自由を失った今、若いころ失った半身がいかにかけがえのないものだったかを、思い知る。いつかは開いてやるよ、と決心していた俊作の遺作展も、もう開けなくなった。誰がなんと言おうと、私は彼を天才だと思っている。わずか何人かにしか見せなかった天才の素顔に、直《じか》に接することができたのは奇跡だったと思う。

私が脳卒中に襲われたと時を同じくして、妻の憲子さんも言い合わせたように、突然の脳出血で世を去った。残ったのは二十点あまりの遺作と、そこに秘められた思想だけである。今となってはその含意を読み解こうと思ってもどうしようもない。

彼は幼児洗礼を受けていたカトリックだった。葬式もカトリックの様式だった。雑司が谷にあるという彼のお墓に詣《もう》でたことはない。残夢はひっくり返すと無残である。私はこれから何年、残夢をひっくり返しながら生きなければならないのだろう。そうすることが、彼と語った永遠ではないとは誰にも言えまい。

三　人それぞれの鵺《ぬえ》を飼う

一

関君が死んだと聞いたのは、去年（平成二十年）の十月に入ってからであった。亡《な》くなってから約一ヶ月が過ぎていた。七十六歳だった。

この前会ったのはもう二、三年前のこと、元気に握手をして別れたが、昨年になってから体の不調に気づいたときは、肺癌《はいがん》の末期だった。もう全身のリンパ腺《せん》に転移して、手の施しようもなかったという。彼はあらゆる治療を拒んで、従容《しょうよう》として死の床に横たわった。死んだのは、入院して二ヶ月ほどだったという。彼の覚悟の程がわかる。

幼少のころ患《わずら》った小児麻痺《まひ》の後遺症で、左足が不自由な身で病院に収容されて、一人ひっそりと死んだのではないかと案じていたが、最後には、離れ離れになっていた先妻と長男家族と電話で連絡がついて、手厚い看護を受けて、安らかに息を引き取ったと聞き、私も少しは心が安らいだ。しかし家族と再会したときには、もう言葉を発することができなかった。

ともあれ、莫大《ばくだい》な財産をあっという間に食いつぶし、孤独のうちに息を引きとった、昭和最後のジェントルマンであった彼の、破天荒な一生の一部を書きとめておきたい。

私たちは昭和二十八年に千葉大の文理学部にあった医学進学課程の

学生であった。医学進学課程というのは、医学部に進む前に、生物学、数学、語学や、医者になるために必要な哲学、倫理学、法学など、リベラルアーツを二年間履修させる。いわば教養学部のような役割を持つものであった。

医学を志望するものは、一旦《いったん》ここに入らなければならない。医学部へ入るには、はじめ医学進学課程の入学試験を受けて、二年間ここで学んだのち、もう一度選抜試験を受けて、初めて医学部に入ることを許される。この二度目の試験が結構難しい。倍率も高かった。昔は医学部を出て医者になるには、なかなかの難関を通らねばならなかった。

そのため医学進学課程の二年が終わると、他大学のほかの学部に移るものが大分いた。二回目の試験に合格しないと、医学部には進めない。浪人するよりほかなかったのだ。二、三年も浪人してやっと医学部に入ったものもいた。一旦、大学に合格したのに、また浪人することもあるという、制度の矛盾があったので、この制度はまもなく廃止され、現在のように一度合格すれば、そのまま専門課程に進学できるようになった。

私がこれから語るような、自由で偶発的な夢のような事件が起こったのは、こんな制度があった、昭和二十年代後半のごく短い時期の、国立大学医学部でのことであった。

さまざまな矛盾はあったものの、この制度にはいいこともあった。医者になるにはもちろん一般教養が必須《ひっす》である。今のような、初めから専門教育一辺倒では、いい医者は育たないと思う。高校を卒業したばかりの青臭い青年に、どうして病気を抱えた複雑な人間を理解できるだろうか。この職業を選ぶためだけだって、二年くらいは自分の適性を熟慮する準備期間があったほうがいい。人間を機械としか見ない工学的思考しか持っていない医者が多くなったのは、リベラルアーツを勉強するという回り道を、たどったことがないからだと思う。

ともあれ新学期が始まった。同級生には、卒業したら医者の跡継ぎになるつもりの青年が多かったが、そうでない演劇志望のものや、あわよくば文学部に移って小説家になる野心を抱いているものなどなど、多彩な若者が集まっていた。

その中に、妙に存在感のある、松葉杖《まつばづえ》をついた青年がいた。彼はがっちりとした四角い体をして、障害を持っているにもかかわらずちっとも臆《おく》することなく、いつも同級生の雑談の輪の中心にいた。「でかい面《つら》をした」青年というのが第一印象だった。おしゃべりだったからやけに目立っていた。

私は気になりながら遠目で見ているだけだったが、あるときエマーソンの文章だったと思うが、英文学の教授に彼が当てられたとき、すらすらと作品の背景までを答えたのに、改めて目を瞠《みは》った。どう見ても現役の高校卒のようには見えなかった。

私自身も、まだ医者になる決心がつかず、そうかといって、文学で身を立てることにはもっと自信がなかったので、まずは医学進学課程に入って様子を見るという二股《ふたまた》かけた曖昧《あいまい》な状態だったこともあり、同級生にこんなやつがいることに驚いた。

　そうはいっても私のほうから話しかけることはなかった。なんとなく遠巻きにしていたが、しばらくしてクラスの新人生コンパが、千葉大学文理学部のキャンパスのあった、当時は漁師町の面影を残していた稲毛の居酒屋で開かれた。私はふてくされて末席に座っていた。自己紹介が進んで関君の番になったら、松葉杖の使えない混み合った座敷で、威厳たっぷりに、座ったまま挨拶《あいさつ》した。

「僕はね。富山県高岡の出身なんだが、高校は小石川高校、本当は上智大学の英文科志望だった。これからどうなるかわからんが、しばらくの間付き合ってくれ給《たま》え。なお酒は一升くらいは飲む。女もそこそこ」

と、よく通る声で一息にしゃべった。高校を卒業したばかりの、学生服を着た大学一年生は、障害を持った傲岸《ごうがん》な青年の挨拶に一瞬気を飲まれた。

酒盛りになると、彼の飲みっぷりがまたすごかった。コップでなみなみと燗酒《かんざけ》をあおり、あいてかまわず呼びつけて酒を勧めた。会費でまかなえないと幹事がこぼすと、

「今日の酒は全部僕が持つからいいんだ。遠慮するな。酒もってこい」

と女将《おかみ》を呼んで、一言二言ささやいた。すでに顔見知りだったらしく、女将は心得たように酒を運ばせ、関君のそばに張り付いてお酌をし、愛嬌《あいきょう》を振りまいていた。もうここでは、かなりの顔になっている

らしかった。

彼の隣には、太い黒縁の眼鏡をかけた長身の青年が座って、何くれと世話を焼いていた。彼が、やはり小石川高校の出身で、香川県丸亀市の医者の跡取り息子、秦君という名であることは、さっき自己紹介で知ったばかりだった。

この二人、関君と秦君、そして後で加わるもう一人の蕩児《とうじ》、一橋大学生の土井君の三人組が、これからお話しする青春の挿話の主役である。

その後も、兵舎を改造した千葉大の木造の校舎で、時々は関君と秦君に顔を合わせたが、それ以上の付き合いはなかった。時々といったのは、私も彼らも勤勉な学生ではなく、学校にはあまり出ないで、総武線を逆行して、東京の盛り場をうろついていることが多かったからである。出欠を取るような教授は少なかった。

私たちは思い思いにはかない夢のようなものを追って、毎日熱情をほとばしらせていたのだと思う。私は間もなく詩人の安藤元雄や、小説家志望だった江藤淳など文学仲間と出会い、東京と千葉のちょうど中間に位置する船橋市に住んで、学校にはたまにしか行かなくなった。新宿あたりの音楽喫茶で、彼らと一日中煙草《たばこ》をふかしながら文学談義にふけっていたのだ。

風の便りに関君が高岡の大病院の一人息子で、莫大な学費の仕送りを受けて、毎日新宿あたりを豪遊していると聞いたのはそのころだった。同じような境遇の秦君とつるんで、いつも盛り場をうろついているると納得した。

ところがある夕暮れ、総武線船橋の駅前の雑踏の中で、彼らしい松葉杖の人影を見かけた。復興途上の地方都市の闇市《やみいち》の人ごみの中を、傲岸に肩を怒らせて松葉杖にすがっているのは、紛れもなく関君だった。隣には秦君と背の高い上品な若者がいた。

私は思い切って呼びかけた。

「おい、関じゃないか。こんなところで何してるんだ」

彼は振り向いて、なんだかばつが悪そうに微笑《ほほえ》んだ。

「これから女を買いにいくんだ。君も来るかい」

「何だ、船橋新地に行くのか。僕は遠慮するよ。それより僕の下宿に寄ってお茶でも飲んでいかないか。すぐ近くだよ。まだ早いんだろう」

「それもそうだな」

と連れの二人に目顔で相談し、ひとまず私の下宿に来ることになった。

昭和三十三年に売春防止法が施行されるまでは、いわゆる遊郭の花街が各所にあった。新宿にも、後に赤線と呼ばれるようになった売春地帯があり、彼らもそこに頻々と出入りしていたようだった。船橋の新地は、場末の薄汚い遊郭だったが、費用が安いためか夜ともなると紅灯の巷《ちまた》となりなかなかの繁盛《はんじょう》振りだった。

私は船橋駅の西口にあった、明治乳業の大きな工場の近く、京成電車の「海神」という駅に近い二階屋に下宿していた。新地までは歩いても近い。

私は三人を連れて、狭い下宿の二階にあがった。トリスウイスキーの水割りくらいしかなかったが、みんな性欲から瞬時解放されて、かえってくつろいだ気持ちで話は弾んだ。

もう一人の連れが、やはり小石川高校で彼らの同級生だった土井亨君だった。彼は高名な英文学者中野好夫の次男で、祖父は土井晩翠《ばんすい》である。今は仙台にある土井家の孫養子に入って、苗字《みようじ》は中野から土井に代わっている。私は思いがけなく、日ごろ尊敬している中野好夫の息子と巡り会って、うれしくてたまらなかった。

しかし彼は、父中野好夫のことは、深くは語ろうとしなかった。何か事情があるように見えた。でも、私の古臭い眼鏡をかけた顔が、彼の尊敬してやまない永井荷風に似ているといって、付き合えてうれしいと言ってくれたのを覚えている。

秦君は、私の蔵書の中にあった産科の教科書を開いて、ポルノでも見るようにしげしげと眺め、

「中はこんな具合になっているのか」

と、感に堪えたようにいった。関君が、

「馬鹿《ばか》、お前見たことがねえのか」

とからかうと、

「中まではないよ。今度よく見ておく」

とみんなで爆笑した。

彼らは水割りを二、三杯飲んで引き上げた。下宿の急な階段をお尻《しり》ですべるように下りて、関君は二人を従えて夜の闇に消えていった。

それから関君は、私の下宿を時々訪ねるようになった。彼一人のことも、三人組のこともあった。朝早く、塀の外から、

「おーい、多田。いるか」

と、大声で呼びかけた。朝帰りの挨拶だった。たまたまその日私の下宿には、大学に入ったばかりの妹が来ていたが、関君は妹の作った、即席の葱《ねぎ》の味噌汁《みそしる》と鯵《あじ》の干物の朝食を舌鼓《したつづみ》を打って食べ、こんなうまい朝飯はもう何日も食べていないと言った。そして、妹が葱坊主《ぼうず》を活《い》けた花瓶に、長いことじっと目をやっていた。ずいぶんと荒れた生活

を送っていたころだった。

「関さんみたいな人なら、朝御飯のご馳走《ちそう》しがいがあるわ。何でもおいしいといって食べてくれるんだから」

と、妹は喜んだ。それが遊郭からの朝帰りだとは、妹には明かさなかった。

私は、田舎の父から、カシミアの古いオーバーコートを貰《もら》って着ていたが、ある寒い夜に関君が現れ、

「寒いからちょっと貸してくれ」

と、着て出ていった。それから何日たっても返してくれない。どうしたんだと聞いたら、

「ごめん、ごめん。ちょっと質にいれてしまった。来月まで待ってく

れないか」

　という。しかし、月が変わっても、オーバーは返って来なかった。いまいましく思ったが、そのうち春になったから、厚いオーバーは不要になった。関君は、そんなことは忘れたように、時々、朝帰りに私の下宿を訪ねては、いろいろ興味ある情報をもらしていった。

　ある朝、

「昨夜は遅く行ったんだよ。そうしたら、土井がね、いつもお茶をひいてる年増の女郎に捕まったんだ。『寄ってってってよ。上がってってってよ』と腕をつかまれて泣くように懇願されて、『いやだ。ああ、いやだ、いやだ』といいながら、結局上がっていったんだ。あいつはいつでもそういう貧乏くじを引くんだ」

とぼやいた。私は土井君が、永井荷風の「つゆのあとさき」の一節をそらんじるほど読んでいたことを思い出して、やっぱり心が優しい男なんだな、と妙に納得した気持ちになった。

土井君は母親を亡《な》くし、中野好夫の後妻に入った継母とは折り合いが悪く、家は「火宅」のようになっていたらしい。家にはたまにしか帰らないようだ、と関君はいった。第二反抗期に、突然実母を失って、厳格な祖父の家に養子に出され、屈折した青春を送っている心優しい青年が、荷風に心酔し、場末の色町に入り浸っているのは、一種いい話だと私は思った。

関君はこんなことも言った。

「お金がなくなると、中野好夫の家（土井君の生家）に行って、書棚に入りきらないので、階段に積み上げたままの贈呈本を、一段ずつ引っこ抜いて、神田の古本屋に持っていって売るんだ。結構いい値がつくよ」

「そんなことしてるのか。それじゃあ中野好夫も怒るだろうな」

「いや、一度も怒られたことはない。怒るのはかみさんのほうだよ」

と涼しい顔をしていた。

土井君はそんなことで、継母とは犬猿の仲になった。「大言海」を編纂《へんさん》した碩学《せきがく》、大槻文彦《おおつきふみひこ》博士の孫で、自らも女子大の教授をしているという、中野好夫の後妻にとって、誇り高い虎《とら》のような土井君は、最も苦手な相手だったに相違ない。あるときは、彼女に腕時計のバンドを噛《か》みちぎられたと、左手の傷を見せられたこともあった。土井君は、継母を『お静さん』と呼び、決して母とは呼ばなかった。
それが深い影となっていたことを、後に土井君が悲劇的な死を迎えるまで、私は理解しようとはしなかった。それは後で話そう。

時々は彼らに呼び出されて、私も新宿の繁華街で飲むこともあった。新宿駅前が、ぬかるみだった昭和二十八、九年のころだ。たいていは、新宿三越の近くにあった紀伊國屋書店に入る路地で、通称「ハモニカ横丁」という、両側に小さな店が並んだ一角で、アブサンなど安酒をあおった。お金があれば「馬上杯」という店、それから草野心平の奥さんがやっていた「火の車」という飲み屋。「まわれよ、まわれよ火の車」という詩で有名であった。この店は、以前は本郷真砂町《まさごちょう》にあったが、そのころは新宿に移っていた。小石川高校生のころから、彼らはよく真砂町の店には通ったらしい。

関君は飲み過ごすと、ここで夜通し飲み、初電を待って千葉の下宿まで帰り、そのまま学校へ行った。当時このあたりを仕切っていた暴力団、戸田組の地回りのお兄さんともねんごろになって、一晩中語り明かしたこともあるという。

何が彼の情熱を、かくも激しく駆り立てていたのだろうか。女のことはよく話に出たが、一人の女性に入れあげている様子はなかった。文学でもない。ましてや学問ではなかった。

それが深い肉体的、精神的コンプレックスに基づく暗い負の情熱となって、マグマのように噴出口を求めて渦巻いていたことを知ったのは、ずっと後のことである。

二

関君たちは、しばしば私の視界をかすめてはいたが、特別なこともなくこの年は過ぎていった。私のほうも江藤淳や安藤元雄らと、詩の同人雑誌を発刊し、大学にはたまにしか行かなかった。

関君も秦君も、何かに打ち込んでいたわけではない。ただその日その日を、何ものかに追われるように、命がけで送っていた。熱情の実体が何であるかは、彼らにも定かでなかったようだ。いわば夢を食う獏《ばく》のような、あるいは鵺《ぬえ》のような正体不明の動物が体に住み着き、それに突き動かされていたように思われる。

クラスでは関君や秦君と、本気で友達付き合いをするものはいなかった。あいつらは必ず試験に落ちて、やがてこのクラスからいなくなると同級生は踏んでいた。その落第候補生のリストには私も入っていた。

「関、秦、多田なんかが合格して、医者になれるわけがない。そんなことがおこったら、勉強する意味がわからないよ」

と、級友から面罵《めんば》されたことがある。

私たちは一生懸命、実体がわからぬ夢を追い続けていた。ただひたすらあいまいな夢に向かって情熱を燃やしていた。その実像が時々姿を覗《のぞ》かせた。

そのひとつは、秦君に思いがけない性癖があることであった。それは彼の無類の女好きに関係する。

その年齢の健康な青年は、誰でも有り余る性欲をもてあましていた。しかし、秦君の場合は、性欲のはけ口ではなくて、ほとんど狂気とでもいえる情熱の現われであった。あまり目立つことのなかった秦君の、意外な側面であった。

彼は看護師、女子高生、商売女と、相手構わず手をつけていた。それも同時に複数と関係を持っていた。

ある日彼が、大学に出入りしている印刷屋の女事務員と、馬鹿に親密に歩いているところを見て、関君は、

「今度は印刷屋か。こないだまでは隣の眼鏡屋の娘だったのに、全く手が早いよ。それに女のチョイスが悪趣味なんだから。あの女のどこ

がいいのかわからん」

と、はき捨てるように言った。

不思議なことに、秦君のラブアフェアーは、いつも見事に後腐れなく処理されていた。誰も彼を悪く言うものはいなかったし、どの女も、顔を合わせると知らぬ振りでやり過ごした。そこには男女の別れの悲しみなど、これっぽっちもないドライな関係だった。

関君が予想したとおり、彼は一月もしないうちに印刷屋の女と別れて、今度は学生食堂の太った女子従業員をものにしていた。人目もはばからず、街中を手を組んで歩いているのを見かけた。女は四十に手の届く年増だった。悪趣味と関君が言ったのは、こういうことなのかと私は合点した。女が、欲情をあらわにして、小鼻をひくつかせているのを見て、私には疎《うと》ましかった。

秦君は、地味な黒いサージの学生服を着て、黒縁の丸い眼鏡に、ポマードで固めた髪を七三に分けた平凡な青年だった。でもどこか良家の出を思わせる気品があった。体格はよかったが、美男子ではなかった。

それでもいつも女にもてているのは、努力していたとはいえ、何かフェロモンのようなものを出しているのかもしれない。しかしこれほどまで、次々と女を漁《あさ》り続けるのは、並大抵の情熱ではないだろうと、私はいぶかしんだ。

彼には、エロスの神様というものが憑《つ》いているんだと私は思い込んだ。古来そういうエロスの神に選ばれた男がいることは、古典文学にも出てくる。光源氏、在原業平《ありわらのなりひら》、好色一代男、カザノヴァ、みなエロスの神に選ばれし男たちである。そのため女というものにあくなき情熱を抱き続ける。女のためだったら破滅することもいとわない。私は秦君を伝説の男になぞらえて、セックスの神様の使いが現れたのだと、秦君を畏敬《いけい》の眼で眺めるようになった。

しかし、私には、人の色事に興味を持つほど暇がなかった。東京で出していた詩の同人雑誌のほうが忙しかったし、来年に迫った医学部の試験も気になっていた。別に執着していたわけではなかったが、医者になるのはひとつの安全牌《パイ》を手に入れることになる。

それにこのころから、私は能の毒に中《あた》り、しばしば能楽堂に通いつめていた。それが昂《こう》じて、自分でも謡曲を習おうと、先生を探していた。このことが全く別な偶然で、秦君との繋《つな》がりを増すことになった。

謡曲を習おうといっても、貧乏学生の私には専門の能楽師の先生に入門するだけの経済的余裕はなかった。たまたま千葉市の薬屋の老主人が、好きで学生に教えていた、趣味の謡曲グループに入れてもらって、「羽衣」や「鶴亀」など、初心者向きの曲の一節を、大声で怒鳴っていた。時には、薬屋の主人の謡《うたい》仲間が飛び入りで参加することもあった。いずれもプロの能楽師についている、私たちとは別格の連中だった。

その中にNさんという、上品な六十がらみのご婦人がいた。偉い軍人さんの未亡人とかで、千葉の海に面した高台に住んでいるという。

たまたま雑談の折に、

「私の家にも千葉医大の学生さんが下宿していらっしゃるのよ。ご存知かしら、秦さんというんですけど。四国から来ていらっしゃる」

「それなら僕の友達ですよ」

「そうですか。それなら、お暇のときに遊びにいらっしゃいよ。秦さんは、あなたと違って、謡なんか興味ないらしいし、そういったら何ですけど、あまり勉強もしていないようですの。いらっしゃれば、謡も教えてあげられるし、秦さんにもお会いになれます。うちへ遊びにいらっしゃいよ」

と熱心に誘われた。

秦君は、関君と違って、おしゃべりではなかったので、彼のプライベートな生活の場は知らなかった。そんな高級住宅地に下宿しているのだから、いずれ彼も金持ちのお坊ちゃんだろうと察しがついた。

Nさんは、

「夕方いらっしゃいましな。そして三人で夕食でも食べましょう。その前に『船弁慶』をさらってあげましょう」

といって帰っていった。

大学へ行って秦君にその話をしたら、

「そうか。あのおばさん、勉強しろとか、部屋を掃除しろとか小うるさいから、君が来てくれると助かるよ」

と喜んで私の訪問に同意した。

Nさんは、まだ六十歳になったかならないかのご婦人だったが、金ボタンの制服を着た、二十歳前後の学生の私たちから見れば、「おばさん」と呼んでも違和感はなかった。私は毎週水曜日に「おばさん」の家に行って、

『その時静《しずか》は立ち上がり、時の調子をとりあえず、渡口の郵船は風静まって出《い》ず』

と、ぶっきらぼうな謡を、声を張り上げて謡《うた》った。Nさんはきれいな力強い声で、

『波頭の謫所《たくしょ》は、日晴れて見ゆ』

と受けて、「船弁慶」の一節を謡う。私が節をちょっと間違えると、いちいち丁寧に直してくれた。

Nさんの家は海の見える高台にあった。立派な門構えのある日本家屋だった。門の向こうは、築山《つきやま》のある前庭で、蘇鉄《そてつ》が三、四本植えてあった。庭木もきれいに手入れされていた。庭に面して、広い洋間のガラス窓が突き出していて、いかにも戦前の金持ちのお屋敷の面影があった。秦君はこの洋間を借りて暮らしていた。

「おばさん」は、裏の広い和室部分に住んでいた。和室は大きな床の間がある十畳間を中心に、廊下でつながった四室ほどが「く」の字に配置されていた。女中部屋もあるので、女一人で住むには広すぎた。

彼女は、身元の確かな医学生を洋間に住まわせ、十畳間で謡や仕舞の出稽古《でげいこ》を受けていた。いかにも旧軍人の未亡人らしい、清潔な暮らしぶりが窺《うかが》えた。通いの家政婦さんが週二回来ていたが、普段はひっそりとしていた。何不自由なく暮らしている未亡人の様子が窺えた。

私は稽古の後に、仕出しの鰻重《うなじゅう》など、夕食をご馳走《ちそう》になって下宿に帰った。秦君はたった一度だけ一緒に夕飯を食べたが、窮屈そうにして、早々に引き上げてしまった。

「いつもああなんですから」

とNさんは不満そうだった。

ある日、Nさんは何時《いつ》になく華やいだ声でこう話しかけた。

「お仕舞を見てくださらない。今度のおさらい会で『葵上《あおいのうえ》』を舞うことなったんですけど、難しくてなかなか人には見せられないの。だから多田さん、見てくださいな」

「葵上」は、光源氏に捨てられて、生霊《いきりょう》となって源氏の正妻、葵上に取り憑き、攫《さら》っていこうとする六条の御息所《みやすどころ》を主人公とした能の名曲である。仕舞ではそのクライマックスを舞う。素人《しろうと》にはなかなかの難曲である。

扇を構えて、彼女は舞い始めた。謡も自分で謡う。

『……水暗き沢辺の蛍の影よりも、光る君とぞ契《ちぎ》らん』

目で蛍を追いかけて、目を戻して扇をかき抱くように源氏を偲《しの》ぶ型所になると、Nさんはゆっくりと顔を伏せて思いに沈んだ。
そのとき意外なことが私に起こった。地味な紫の小紋の着物を着た
「おばさん」を、
「色っぽい」
と思ったのだ。今までは、親切なご婦人としか認識していなかった
のに、突然美しい異性として映ったことに、私はどぎまぎしてしまっ
た。何か悪いことをしたような気がして、胸が高鳴った。
舞い終えて扇をたたんだNさんは、多少上気していたが、元通りの
「おばさん」に戻っていた。私は、自分に生じたつかの間の劣情を恥
じて、早々に稽古を辞して家に帰った。

その日からあまり遠くない雨の降る日、関君が、教室にいた私に、

「おい、秦が朝から酒を飲んで荒れてるから、いってやらんか」

「また女の話か」

「それが、下宿のおばさんをとうとう手籠《てご》めにしちゃったというんだ」

「ええっ。下宿のおばさんって、Nさんのこと？」

「ああ、君知ってるの？」

「うん。よく知ってる。六十くらいの仕舞を習っている人だよ」

私は、この間の「六条の御息所」の出来事を思い出して身震いした。

それにしても偶然とはいえ、できすぎた話だった。あのときの胸の高鳴りは、こんなことを予感したためだったのだろうか。

関君は慨嘆して言った。

「まったく困ったもんだ。見境がないんだから」

秦君は酒に酔って、冷たい雨の中を夜通し歩いて居酒屋に着き、一人で飲み明かしているという。

私はそんな話は聞きたくもなかった。関君は、一人で雨の中に松葉《まつば》杖《づえ》をついて出て行く前にこう語った。

これからは関君から聞いた話である。

秦君が酒を過ごして、夜遅く帰ると、Nさんは玄関を明けて迎えてくれたが、すぐに、

「勉強はどうなっているんですか。今日、四国のお母様から電話があったんですよ」

と、出会いがしらに小言を言った。

「癪《しやく》に障《さわ》ったんで、ついおばさんを引き寄せ、体を抱きしめてキスしてしまったらしい。酔っていたのだからしょうがない。抵抗するので、押さえつけてもみ合ううちにむらむらと来て、とうとうベッドに連れて行ってやっちまったんだ、というわけさ」

「残酷な話だ。僕は秦君と絶交するよ」

と私はつぶやいた。

「でも、おばさん、終わった後、泣きながら秦に抱きついて離れなかったそうだ。必ずしも嫌ではなかったようだ。それで秦は、『ああ、いやだ。いやだ』って電話で泣いているんだ。自業自得《じごうじとく》だけれど」

「明日からどうするんだ。しらふでは帰れないだろう」

「しばらく俺のところに泊まるよ」

と、関君は、秦君が待つ居酒屋へ向かって、雨の中を松葉杖をついて出て行った。

この事件は、しばらく私の心に暗い影を落とした。あの広いお屋敷の薄暗い廊下で、Nさんが泣きながら秦君を待っている。その顔は、深い恨みと、思いがけない愛情で歪《ゆが》んでいる。そんな光景が目に浮かんだ。

『夢にだに、返らぬものをわが契り、昔語りになりぬれば、なおも思いは増鏡、その面影も恥ずかしや……』

それは軍人の貞節な妻という顔と、光源氏に一度だけ抱きしめられた御息所の、愛と恨みの劇となって、二十歳の私の頭を駆け巡った。貞淑謹厳なNさんのイメージが、源氏に裏切られつつも愛し続ける、六条の御息所の生霊の、愛憎の劇と二重写しになって、いつまでも私を悩ませたのだ。

私は素人の謡の会にも行かなくなり、Nさんの家にも疎遠《そえん》になった。秦君は学校に姿を見せなくなった。関君だけは何に突き動かされるのか、時々学校に姿を現しては、誰か相棒を見つけて、松葉杖をついた肩を怒らせて夜の町へ去っていった。

そうこうするうちに、学年は終わりに近づき、医学部に入るための試験が間近になった。もうどうすることもできない。関君や秦君は受験するのだろうか。

勉強を重ねて自信がある学生は昂然としていたが、私たち落ちこぼれは、合格しなかったらどこに行こうかと、そちらの方策を求めて、右往左往していた。関君だけは、そんなことにはお構いなしに、誰かを見つけては飲み歩いていた。

結果はやはり予想された通りであった。ほかの学部を受ける、とか文学部へ移籍したいなんていっていたものは、ことごとく合格しなかった。関君も秦君の名前も合格者名簿にはなかった。よく勉強していたものさえ、落第したものは少なくなかった。

唯一《ゆいいつ》の例外は私である。もう医学部へ行くことはあきらめて、郷里に帰っていた私のところへ、思いがけない医学部合格の電報が届いた。

これでもう逃げるわけにはいかない。私の逡巡《しゅんじゅん》する心は固まった。こんなこともあるんだと、私は僥倖《ぎょうこう》を喜んでさえいた。郷里の茨城県結城市《ゆうき》で、町の開業医になるという運命からは逃れられないと心に決めた。

卒業式があったわけではないし、修了式もなかった。合格したものを集めて、ガイダンスがあったが、私の仲良くしていた関君や秦君の姿はもとより、フランス語をひけらかしていた文学青年や、同人雑誌に参加していた、後で早稲田の英文学の教授になった友達など、なつかしい顔は消えてしまった。

それから二年以上、彼らとの音信は途絶えた。風の便りで、関君が上智大学のドイツ文学科に入ったが、まもなく退学して郷里の高岡に帰ったと聞いた。秦君は、関西医大に合格し元気だという。

もうあの嵐《あらし》のような熱情は、あの二人の心から消えてしまったのかと淋《さび》しかった。私は解剖学など基礎医学の勉強に没頭して、二人のことも、土井君のことも忘れていた。

しかし、事実はそんなに単純ではなかった。関君、秦君、土井君、三人とも、彼らの中に住み着いていた、鵺《ぬえ》のような動物と格闘し続けていたことを知ったのは、ずっと後になってからのことであった。その情報は、土井君の悲劇的な死とともにもたらされた。

三

私が医学部を卒業する前年のことだった。例によって関君から突然電話が入った。

「土井が死んだよ。自殺したんだ」

と涙声だった。

「ええっ。どうして？」

「あいつは一橋大学の経済学部を卒業して、フジテレビに入社したんだけど、どうもなじめなかったようだ。テレビ局の屋上から飛び降りたんだ。わけは知らんよ」

関君は、それを誰かに早く訴えたかったらしい。そして、もう何年も会わないのに、昔と同じような威厳のある口調でいった。

「今新宿にいるんだけど、出て来ないか」

私は用事があったけれど、新宿の指定された飲み屋に急行した。彼はもう酔っていたが、私の顔を見て嬉《うれ》しそうに目を輝かせた。よほど心細かったらしい。そして土井君の最後を次のように語った。

「俺も事情があって二年ほど会っていないんだ。時々電話してきて、順調だと思っていたんだが、どうも会社ではうまくいかなかった。あいつは君も知ってるとおり、会社人間とは違うだろう。彼の友達の話では、仕事を干されていたらしい。

でも会社には行っていた。この春になって、多少言動におかしいところが出てきたが、その日は誰にも何もいわず、フジテレビの屋上から身を投げたらしい。見ていた人の話では、彼はまっすぐに歩いていって、フェンスを乗り越えそのまま空へ向かって歩いていったときいた」

東京女子医大の近くにあったフジテレビの社屋から、空に向かって昂然《こうぜん》と歩いてゆく白皙《はくせき》の土井君の姿が目に見えるような衝撃を覚えた。

永井荷風に耽溺《たんでき》して「つゆのあとさき」の一節をそらんじていた彼の感性は、現実の世界の汚《けが》れには耐えられなかった。養父になった祖父、土井晩翠の天下に轟《とどろ》く名声や、ストイックな継母、それに父中野好夫の批評家的なまなざしなどの絡《から》んだ、複雑な家庭事情が重なり、感受性の豊かな彼に、死を選ばせたのではないかと思った。

しばらく土井君の思い出話をしていたが、関君は、

「実は俺もね、大学を中退したんだ。今は高岡に帰っている。父も亡《な》くなったし……」

と口ごもった。何か訴えたいような寂しい複雑な面持ちだった。

しかし、私は土井君の突然の死のことで気が転倒していて、関君の境遇を心配する余裕がなかった。何も聞かずに関君と別れて、この日は終電で千葉まで帰った。店を出たとき、新宿の裏通りの空に、電線が蜘蛛《くも》手《で》に張り巡らされているのを、まるで土井君を取り囲んだ陥穽《かんせい》のように感じた。このことは、前にエッセイとして書いたのでありありと目が覚えている。

関君がその夜、どこへ泊まったかは知らない。ひょっとすると富山から出てきて、すぐに私を呼び出したのかもしれない。彼がそのころ経済的に逼迫《ひっぱく》して、本当は私にそれを訴えたかったのではなかったかと悟ったのは、ずっと後になってからのことだった。彼は何かを逃れるように東京にふらっと現れ、一晩飲んで帰るらしかった。

ともあれ三人組の一人は世を去った。強烈な個性で、つかの間の青春の記憶を残して、私たちの前から姿を消したのだ。

それから二、三年も関君からは音信がなかった。私は医学部を卒業して、免疫の研究室にいた。そこにまた突然、関君から電話がかかってきた。今度も衝撃的な訃報《ふほう》だった。

「秦が死んだんだよ。彼は、関西医大を卒業してインターンをしていたが、昔と違って女遊びをやめて、女医さんと親密に付き合っていた。まじめな付き合いだよ。一緒に故郷の丸亀に帰って家業の医院を継ぐつもりだといっていたが、突然脳出血を起こして倒れ、そのまま死んだよ。その女医さんに看取《みと》られてね。俺にも昨日通知があったばかりだが、どうすることもできなかった」

と告げた。女への際限のない欲望を失って、平凡な開業医の道を歩もうとした矢先だった。

これで三人組のうち二人までが死んでしまった。残るは関君ばかりになってしまった。寂寥感《せきりょうかん》が電話口から流れた。

思えばあのころ、私たちはそれぞれ不思議な夢を見ていたような気がする。夢の中で、一匹ずつ鵺のような動物を飼っていた。鵺の正体は判《わか》らなかった。私たちはそれを飼っていたが、鵺のほうも私たちを支配していた。どちらが主人とも知れない関係だった。

伝説上の鵺は、「頭は猿、胴は狸《たぬき》、尾は蛇《くちなわ》、足手は虎《とら》の如《ごと》くして、鳴く声虎鶫《とらつぐみ》に似たりけり」とある。源三位頼政《げんざんみよりまさ》に射殺された妄想の生き物である。私たちの鵺も、私たちの想念に巣くって、私たちを動かしていた。

私たちは全力でその鵺を養って生きていた。私たちの青春の情熱は、この正体不明の動物によってかき立てられていたのだ。

鵺が死ねば私たちも生きては行けない。土井君と秦君の鵺は、どうしてか死んでしまったのだ。だから彼らも生きてゆけなかった、という想念が私の中で頭をもたげた。

関君の電話が切れた後も、この思いは私を凌駕《りようが》していた。それでは関君の、そして私の鵺は、どんな顔をしているのかという疑問が私の頭にとぐろを巻いていた。そして改めて関君がその後、どういう生き方をしていたのかを知りたいと思った。

二人の親友に先立たれた関君が、莫大《ばくだい》な父の遺産を食い潰《つぶ》して、一人で暮らしていると聞いたのは私が足掛け四年に及ぶアメリカ留学から帰ってからであった。妻子とも別れたという。

その関君から久しぶりの電話があったのは、私が千葉大学での研究生活を終えて、東大に赴任してからであった。確か昭和五十五年の夏だった。彼は例によって、私の電話番号をどこかで調べて、まるで昨日別れた友人のように、

「多田君いますか？　元同級生の関だけど」

と、妻に話しかけた。夜十時を過ぎていた。

「今神田神保町のラドリオという喫茶店にいます。こられるかどうか訊《き》いてみてください」

私は研究室にいたが、妻からの連絡に、すぐ支度をして指定されたラドリオという喫茶店に出向いた。昔彼が小石川高校に通っていたころ、よく来た店だった。

私は関君の顔を見て驚いた。数年の間に彼の髪は純白となり、前歯は残らず抜け落ちていた。なんだか化け物じみた風貌《ふうぼう》になっていた。しかしツイードのジャケットを格好良く着こなしたジェントルマンぶりは、白髪によってかえって身についた印象を与えた。

彼はラドリオのカウンターに座り込んで、マスターを相手にカクテルを飲んでいた。傲岸《ごうがん》さは昔のままだった。

「懐《なつ》かしいね。こんな店が残ってたなんて」

と、昔の音楽喫茶の面影を懐かしんでいた。顔なじみらしいマスターも、何年ぶりかでひょっこり現れた関君を懐かしんでいる様子だった。私は彼が、尾羽打ち枯らしたなりでないことに安堵《あんど》した。このときも自分のことは何も話さず、私のアメリカでの生活に黙って耳を傾けた。

彼は自分で自動車を運転して、富山から出てきたのだった。真っ先に私を呼び出したらしい。時々そのようにして、身を隠すように東京に来ていた。それはつかの間の、苦しみからの逃避だったのかもしれない。夜も更《ふ》けて、

「僕の本郷の家に寄っていかないか」

と誘うと、いいよと腰を上げ、本郷まで一緒に向かった。松葉杖を車に放り込んで、自分は身軽にひょいと車に乗り込んだ。

「僕はどこへでも駐車できるんだ」

と、駐車禁止の本郷通りに堂々と駐車し、障害者の証明をフロントガラスの前においた。障害を持って生きるしたたかさが体に染《し》み付いていた。

　私の家では妻を交えて少しばかり飲んだ。昔付き合っていた女性が自殺をして、それが深い精神的トラウマになったことなどを話して、彼は満足したように帰っていった。このときも関君から、今の境遇を聞くことはできなかったが、私は彼の話しぶりから、関君の鵺が健在であることだけは確信した。

それからも関君からは二年に一度くらいの割合で連絡があった。そうこうするうちに、私は六十歳の定年を迎えた。千葉大学で一緒に過ごしてから、関君との断続的な付き合いは、四十年もたった勘定になる。

ある日関君から、

「君には世話になっているから、加賀の山中温泉に招待したいんだが」

と電話があった。

「僕の行きつけの温泉旅館だから遠慮はいらんよ。僕の招待だよ。奥さんを連れて富山まで来ないか」

といった。私は富山で講演する予定があったので、関君のオファーに応じることにした。

関君はその日、聴衆の中にいた。講演が終わった後、近寄ってきてはにかんだように微笑《ほほえ》んだ。心なしか落ちぶれたように見えた。彼の車で、妻と私を禅宗の古刹《こさつ》、瑞龍寺《ずいりゅうじ》を案内してくれた。その足で山中温泉へ向かった。

旅館は彼の馴染《なじ》みらしく、女将《おかみ》は下にもおかない接待をした。夜の宴席の後、妻と一緒に関君の話をゆっくりと聞いた。

関君は、高岡の関病院という大きな病院の長男として生まれた。父は体重百キロを越す体格で柔道四段、中学のＰＴＡ会長も務めた人望の厚い医師だった。外科内科を標榜《ひょうぼう》して、この地方では唯一《ゆいいつ》の大きな病院を経営していた。

跡取りのはずの関君は、幼少のころ小児麻痺《まひ》（ポリオ）にかかり、左足に麻痺が残った。これが関君のみならず、医師であった父にも深い傷を残した。障害を持ったわが子に、母は有り余るほどの愛情を注ぎ、過剰の保護を与えた結果が関君の浪費癖を深めたと人はいった。

障害を持っていたため中学には進めず、当時の尋常高等小学校の高等科を二年まで修了し、学制改革で中学に編入された。高校は、高岡では学力が付かないと、自分で願書を取り寄せて小石川高校を受験した。そこで土井君、秦君という二人の親友に出会ったわけだ。

千葉大の医学進学課程に進んだが、医学部には行かず、上智大学のドイツ文学科に入った。一年目は優等生だったが、二年目からは学校に行かなくなった。そのころ、彼の庇護者《ひごしゃ》であった高岡の父が急死した。関君は高岡に戻った。父の病院を閉鎖すると言う浮世の大仕事が、突然彼の肩にかかってきた。彼自身も高岡で自立しなければならなかった。

まず、愛人の女性と、高岡市にヘッドライトという音楽喫茶店を開店し店主となった。人に勧められて、自動車の修理販売の会社を始めたが、すぐ倒産した。株にも手を出したが瞬《またた》く間に失敗した。そのほかガラス工場、生ごみ処理機の工場などなどにも出資したが、その都度手痛いしっぺ返しを蒙《こうむ》って倒産した。

保証人を何件も引き受けたからだと、彼は渋い顔をした。失敗したのはだまされたのが主だったらしい。

昭和四十三年には別の女性と結婚して、女一人、男二人の子供に恵まれた。八年ほど一緒に暮らしたが、離婚して子供は妻が引き取った。その間に約二千坪もあった病院の土地も人手に渡った。

その後は老母を連れて、転々と借家暮らしだった。母が死んだ後は、一人でなんとか食いつないでいる。父の残したものはきれいさっぱり消尽し、無一物となってしまったと、明るく打ち笑った。彼は一言も人を悪く言わなかった。みんな自分の失敗だと、あっけらかんとしていた。

かいつまんで言うと、ざっとこんな調子であった。私は何も言わずに聞いていた。今まで知らなかった関君の過去が、本人の口からすらすらと語られた。そこには何の悔恨も感傷もなかった。

しかしこれで全部理解できたわけではない。それは破天荒な物語ではあったが、具体性を欠いた履歴書のように響いた。何よりも関君の鵺《ぬえ》がどのように暴れたのかは皆目わからなかったし、彼もそこまで語ろうとしなかった。

翌日帰ろうとしたとき、妻が私に耳打ちした。

「関さんはああいったけど、ここの払いは関さんのお世話になるわけにはいかないわ。経済的に困っているらしいから、あなた払いなさいよ」

私が三人分の宿泊代を払うといったら、関君はちょっと困ったような顔をしたが、意外に素直に頷《うなず》いた。

彼の案内でたまたま開かれていた棟方志功《むなかたしこう》の版画展などを見て帰路についた。私たちが作品を見ている間、関君は靴を脱ぐのは面倒だからといって、車の中で一眠りしていた。

お昼は氷見《ひみ》市の町外れの「きときと寿し」という回転寿司屋に行った。

「こんなところしか連れてゆけなくてごめん。でもここは安くて旨《うま》いんだ」

と彼が自慢したように、きときと（いきのよい）の魚に舌鼓《したつづみ》を打った。

それから高岡に戻り、ガソリンスタンドに寄った。

「ここも昔は関病院の土地の一角だったんだ。本当は俺が昔開いたスタンドなんだよ」

と、彼は懐かしそうにいった。でもガソリンを入れてくれた従業員は、彼のことなど知らぬ顔で精算のカードを受け取った。

「じゃあ家もこのあたりだったんだね」

「ずっと向こうの角を曲がった先だ。広かったんだ」

とそちらに目をやり、

「今は何一つ残っていないよ」

と、はき捨てるように言った。

富山で別れるまで、気を使って世話してくれた。こんな細かい気配りがあったのかと、私は学生時代の彼を思い出そうとした。そういえば秦君や土井君と三人で歩いていたときも、いつも兄貴分で気を使っていたな、と思い当たった。

私が病気で半身不随になってからも、関君は時々妻に電話をくれた。私の新作能が金沢で上演されたときには、富山の名士を何人か伴って金沢まで来てくれた。どういうわけか、彼の周りには地方の名士が集まっていた。彼は経済的には貧しいはずなのに、一流会社や銀行の取締役やら県庁の役人などをいつも引き連れていた。誰が見ても堂々として、地方の名士に見えた。借金苦にあえいでいるとは見えなかった。

去年の秋、関君から二年も便りがないと妻と話していた矢先、関君の妹から兄の死を聞かされたわけだ。あまりに唐突のことだったので言葉がなかった。

話は前後するが、彼の妹の美子さんとは、私たちが千葉大にいたころ、一度お会いしたことがある。彼女は早稲田大学で演劇活動にのめりこんでいた。卒業後も、詩人谷川雁《がん》の主宰する会で、子供たちのチューターとして働いていた。

三年前に関君が連れてきたので、五十年ぶりの再会を果たし、以来時々訪問してくれる。彼女が関君の死を教えてくれたのだ。

それを機会に、彼女や彼の周辺から関君の隠された一面が、絵巻物を広げるように語られた。

関君の肉体的コンプレックスが、どんなに深いルーツになっていたかは、次の挿話からも知られる。彼の従弟《いとこ》、正さんから聞いたものである。

弟のいなかった関君は、年下の従弟、正さんを、弟分兼護衛のようにしてかわいがっていた。関君が、小学四、五年生の時だと思われる。正さんは、小学校に上がる前だった。関君が、近所の悪童からかなり身に堪《こた》えるような侮辱を受けたとき、

「正、こい！」

と、叫んで家に駆け戻り、父の大事にしていた白木の鞘《さや》の日本刀を持ち出した。松葉杖《まつばづえ》をかなぐり捨てて、二足で立ち上がった。右手で不自由な膝頭《ひざがしら》を支え、左手で日本刀を振りかざして、悪童連中を追いかけた。松葉杖なしでは歩けまいと侮《あなど》っていた悪童連中は気を飲まれて、わっと声を上げて一目散に逃げ去った。彼の赤く上気した頬と、

潤《うる》んだ目、そして夕日に血を吸ったようにギラリと光った刀をいまだに忘れないと、正さんは語った。それが後に私が見た、彼の負の情熱につながっていくことは容易に想像がつく。

関君の金の使い方は、一時すさまじいものだった。正さんによれば、金沢の鮨屋《すしや》で深夜まで飲んでいて、突然、京都まで飲みに行こうとタクシーを呼んだ。それから京都までタクシーを乗り付けて遊んだ。事業や株でだまされて損した後も、この気質は変わらなかった。

彼の周りには、この地方の名士が集まっていた。困っていても、付き合いには金を惜しまない関君の精神的美学のせいだろう。見栄《みえ》を張っていたのではない。私たちを接待するにも、何くれとなく気を使って、一日中ついて回ったのも彼の本性だった。彼の鶺は、死ぬまで健在だったのだ。

いよいよ病院の土地や家屋が差し押さえられ、退去を迫られたとき、関君は自宅の応接間にいた。電話を撤去する工事が始まったとき、幼い長女が、

「それは持っていかないで」

と泣き叫んだという。それを最後に、関君は老母と家族を連れて、ほとんど無一物で住み慣れた生家を離れた。

耐えられなかったのは彼の妻だった。無理もないことである。結婚後間もなく長女と二人の男子を儲《もう》けたが、こんなことがあって満八年で離婚し、子供たちは妻が引き取った。奥さんは美しい、しっかりした人だった。離婚した後、奥さんは妹さんとは付き合いがあったが、

関君とはほとんど会うことはなかった。

昭和六十一年に、彼の母が亡《な》くなった時のことである。お葬式は、地元で兄を支え続けた末妹の妙子さんと、母方の叔父（医師）の協力で行われた。お葬式が終わった後、皆がちょっと目を離した隙《すき》に、香典が無くなった。そこにいたのは関君ばかりだった。母の香典まで手をつけなければならないほど、切迫していたのかと哀《かな》しかったと、美子さんは述懐した。

それ以来、関君の家族との縁は切れた。長女だけは父を慕い、連絡を取り合っていたようだが、二人の息子はほとんど父のことは知らずに育った。長男は自衛隊に入り、もう四十に手が届くと思われる。関君の死の直前まで父を疎《うと》んじていた。次男はサラリーマンで、結婚して一児を儲けたが、関君とは交渉がなかった。いずれも堅実に暮らしているとのことだ。

その家族が再会したのは、関君が死ぬ三年前のこと、関君の両親の法事が行われたときだった。これが父の五十回忌で、最後の法事になるからと、美子さんは関君にも相談した。彼は、今度は全部俺がやると言った。

彼は法事を、親戚《しんせき》一同を集めて立派に済ませた。場所選び、式次第から、お土産にいたるまで、関君らしい気配りと美意識に満ちたものだった。妹の美子さんは、これで兄を許す気になったという。

彼はこの儀式を済ませて、三年目に死の床に就いたのだった。死期を悟って人知れず死ぬ覚悟だったらしいが、長女がそれを察知して美

子さんに通報した。美子さんが長男とともに病院に駆けつけたとき、関君は話もできないほど衰弱していた。美子さんが、

「兄さんもよくがんばったね。有難うね。兄さん」

と叫ぶと、突然彼の両眼から涙が溢《あふ》れ出した。その日から、彼は彼を疎んじていた長男や家族から、手厚い看護を受けて、旬日を経ずして、眠るように世を去ったのである。残されたものは、障害者手帳のほかは、私の著書二、三冊だけだったという。最後まで私を友達として大事にしてくれたのかと、涙がこぼれた。

関君は、いつも自分の鶺が命ずるままに、己の運命に従って生きた。世間がどういおうとかまわない。重くのしかかっていた両親の偏愛も家族の桎梏《しっこく》も、関君の選択を変えなかった。ギリシャ劇の英雄のよう

に、毅然《きぜん》として運命をひき受けた。甘んじて恥ものんだ。よほど強い生の衝動がなければできないことである。その情熱は、私たちが一緒に青春のころ養ったものだ。それが生き続けたのだ。

彼が追いかけた夢の実体は窺《うかが》いしれない。不治の障害と莫大《ばくだい》な負債を背負っていても、あの傲岸《ごうがん》さを一生貫き通せたのは、関君の鵺がしっかりと取り憑《つ》いていたためであろう。遺産も世間体も食らい尽くし、関君の鵺は生き続けたのだ。

ひょっとしたら彼がやりたかったのは、別に大げさなことでなかったのかもしれない。彼が愛した神田神保町のラドリオのような古典的な音楽喫茶の店で、薫《かお》り高いコーヒーを淹《い》れ、クラシックのレコードを聴く。周りに彼を理解する知識人が集まる。そこの老店主として安楽な暮らしがあれば満足だったのかもしれない。それを求めて長い長い回り道をした。それはなぜか果たせなかった。彼の鵺がそれを阻《はば》んだ。そして七十六年の鵺の夢は終わった。

四　宙に浮いた遺書

一

一通の読まれなかった遺書がある。私の従兄弟《いとこ》裕彦《やすひこ》さんが、覚悟して書いた遺書である。裕彦さんは遺書のとおりには死ねなかったが、死よりも残酷な運命に晒《さら》されて、失意のうちに二十歳で夭折《ようせつ》した。

この物語は、太平洋戦争に巻き込まれた青年、というより少年の、一途《いちず》で不毛な青春の記録である。彼の短い一生を玩《もてあそ》んだ戦争を思って、いまだに私は涙を拭《ぬぐ》うのである。この遺書は、平家の公達《きんだち》を悼《いた》む平家琵琶《びわ》のような沈痛な響きを持っている。

篠崎裕彦十八歳の遺書

御母上様

不肖の子裕彦は、御父上様逝《い》かれて後の年月、積りに積った御母上様の御慈悲ご心労に対し奉《たてまつ》り、子の道たる孝養をすら尽くしえず、思うだに心は疼《うず》き申訳無之《もうしわけこれな》けれども、死するに臨み、不孝の罪の数々をば、お許し下されます様願い居《お》ります。

畏《かしこ》くも

大君の醜《しこ》の御盾《みたて》、

大和島根の防人《さきもり》として弥《いや》古き御世に私たちの祖である下毛野《しもつけの》の青年

が敢然、戦に赴き皇国安泰の礎《いしずえ》となれるごとく、私も日本の矛となり、忠孝一如《いちによ》、敵を撃つべく、現身《うつしみ》を国に捧《ささ》ぐるこそ、御母上様への唯一《ゆいいつ》の御恩に報ずる道であると信じます。万世一系の天皇、尊くも君臨し給《たも》うわが国土の為《ため》に生き、戦い、然《しか》して死ぬるが、日本人たる最高最善の人生なのです。私の一生は人生五十年の半ばにも満たずして平凡に過ぎてきました。最後のみは学生航空隊の華となり、亦《また》一介の防人ながら戦いを決す天に散り得るを本当に幸福だと思い喜びに堪えない次第なのです。

人間の幸福とは酔生夢死なる長生きでなく果敢《はか》ない名声でもなく或《ある》いは虚《うつ》ろなる営利でもありません。世に広く謂《い》われる幸福なるものの一切は心を安心の境に導き、意欲を高揚せしむるところの存在ではありません。

己の信ずる希望を実践完遂する事のみが不変にして真なる幸福だと確信して疑いません。

戦争の終焉《しゅうえん》を決定するのは、相戦う一方が斃《たお》れることによる以外にはありません。日本に生を受けるものは一億一心、徹底的に敵をほふる日までは断固銃を執り刀を握り進んでは周辺の敵を撃つべきです。祖先より受け継がれた皇国二千六百余年を更に輝かしきものになして、次代に続ける事が今の私達青年の血に依《よ》って果たさなければならない使命なのです。私は悠久の大義に生きるのです。私抔《など》の微力すら、小さき死すら戦争に於ける精神的な原動力になりうるのです。

御母上様

裕彦が戦死したと御聞き遊ばれましたなら、遂《つい》に一世一代の念願を達しえた私の為に御悦《よろこ》びになってください。

私が征《ゆ》く時に微笑《ほほえ》まれた御母上様、

私はその故《ゆえ》に思い残すこともなく死ねるのです。

御母上様の御傍に常に私の命は生きて居ります。私は決して恥ずかしくない立派な死に方を致します。

これからの御一生は御自愛の上ご多幸に過ごされます様、不肖裕彦の捧げる最後の祈りを御聞き下さい。

永代《とことは》に芳《かぐ》はしき歴史守るべく　身は斃るとも仇をや寄せじ

我征くは再《ま》たと帰らぬ決死行　家郷へ居ます母ぞ安かれ

昭和二十年五月二十一日

裕彦

御母上様

彼が熱望していた壮絶な戦死ではなくて、二十歳の若さで惨《みじ》めに病死した後に見つかった遺書の全文を載せた。稚い文章にあふれる心情に、この時代の若者が、どんな国家観を叩《たた》き込まれていたか、またどんな心情を持っていたかが行間に溢《あふ》れて涙を誘う。これから書き留めるのは、この遺書の運命と、子供心に蘇《よみが》える軍国少年の青春の思い出である。

篠崎裕彦は、栃木県栃木市で父敬吉、母ていの次男として生まれた。ていは茨城県結城《ゆうき》町の開業医、多田愛治の長女だった。私の父進の姉に当たる。だから裕彦は私の数歳年上の従兄弟だった。

栃木市は、土蔵造りの家々の並んだ古い町並みを持っている北関東の小都市である。街中を流れる巴波川《うずまがわ》に、黒板塀に囲まれた商家の白壁が、楊柳《ようりゅう》とともに影落とす、明治の面影を残す町である。元は県庁所在地であったが、東北本線が敷設されるとき、巴波川の水運業者が鉄道の通るのを嫌って反対したため、宇都宮に県庁を奪われ、支線の両毛線の沿線に昔ながらの面影を残している。

篠崎家は五代続いたこの地方の銅鉄卸問屋の豪商であったが、裕彦の祖父儀衛門が銀行の重役をしていたとき、取り付け騒ぎで銅鉄商は破産した。その後はささやかな金物商を営んでいた。

ささやかといっても、市の中心地の嘉右衛門町《かうえもんちよう》に叶屋《かのうや》金物店という大きな看板を掲げた、立派な店構えを持つ裕福な商家だった。店には番頭や小僧が、大勢忙しく立ち働いていた。

私が幼年のころ遊びに行った記憶でも、大きな土蔵の店から、裏の二棟の倉庫まで、商品の金物を運ぶトロッコが引かれ、その奥は巴波川べりに通じていた。町が巴波川を利用した水運で栄えていた名残である。家の中を走るトロッコは私の幼心にも珍しく、医者の家で育てられた私には商家の賑《にぎ》わいは別世界のように見えた。

裕彦さんはこの家の次男で、大正十五年一月三日に生まれた。三歳のとき父敬吉が他界し、後は厳格な祖母に仕える母ていの細腕で育てられた。

この祖母は、私の医学部卒業のころまで、この商家を牛耳っていた女主人である。白髪を黒々と染めた髪を丸く結い上げ、小さい髷《まげ》に珊《さん》瑚玉《ごだま》の簪《かんざし》を挿して、着物の襟を抜いた姿は、いかにも明治の女の趣だった。

私は裕彦さんの家に遊びに行くたびに、このおばあさんを見て、豪商のおかみというのは、すごいもんだと感嘆したものだ。何しろ自分を「おれ」と呼ぶ。

「おらあ、そんなことは嫌えだ」

とべらんめえ口調で、煙草盆《たばこぼん》を長煙管《ながぎせる》でポンと叩いた。

これは、江戸時代の商家の女主人では当たり前のことだったらしい。店員を顎《あご》でこき使い、問屋と堂々と渡り合うために身についたわざだった。煙草盆を長い煙管で叩きながら、帳場に座って店全体に目を光らせる。しわがれた男言葉で丁稚《でっち》を怒鳴っていた姿は、歌舞伎に出てくる悪婆《あくば》役のようであった。

彼女は、その歌舞伎が大好きで、歌舞伎の地方巡業があると、叶屋さんの女将《おかみ》さんの指定の桟敷《さじき》が決まっていて、弁当を持たせた女中を引き連れて、賑々しく贔屓《ひいき》役者を観《み》に行くのが常だった。

そんな人だったから、裕彦の母は二十八歳で夫に死に別れた後、この姑《しゅうとめ》に仕えて、毎日女中のようにこき使われた。裕彦があのような遺書をしたためた裏には、そんな哀れな母の境遇への思いがこめられていたのだ。

裕彦の母、ていは私の祖父多田愛治が軍医として日露戦争に従軍中、祖母ふくが出産した長女だった。満州より帰国したカイゼル髭《ひげ》の祖父が、産着《うぶぎ》を着たていを膝《ひざ》に抱いた写真が残っている。美人で評判だったていは、宇都宮高等女学校を卒業した後、銅鉄問屋の御曹司篠崎敬吉に見初められて十七歳で篠崎家に嫁いだ。新婚の時代、丸髷を結った写真が残っているが、竹久夢二の絵から、脱け出したような楚々《そそ》とした美人であった。二代の姑に仕え、なれぬ老舗《しにせ》のしがらみに耐え、長男哲哉、次男裕彦の二人を育てた。さっきの遺書は、兄哲哉さんがまとめた裕彦の遺稿集からとった。

もうひとつ思い出したことがある。裕彦の祖母は姓名判断にこっていた。親戚《しんせき》中の男の名前に、運勢が悪いとけちをつけ改名させた。私の叔父などはみな名前が二つある。孫の哲哉も繁弘と名を変えさせられた。彼女の絶大な力で、この世は動いていたのだ。

裕彦が中学四年で、兄のいた早稲田大学の予科の入学試験に合格したが、学帽を調《ととの》えたというのに、この祖母が進学に反対した。田舎では早稲田のような名門に、中学四年で合格するのはまれだったから、当然おめでとうと祝ってくれると思ったが、祖母はそんなに甘くなかった。

母や中学の担任の先生の懇願にも、祖母は頑として聞く耳を持たなかった。二人も大学へ行かせるなど、家には余裕がないというのがその理由だった。言い出したら梃子《てこ》でも動かない。裕彦は一日中泣き暮らした。一時はあきらめるほかないと思われたが、兄哲哉の必死の説得で、下宿生活は万事切り詰めて、兄の生活費だけで済ますからという条件でやっとお許しが出た。裕彦は、後にこれがどんなに悲しい経験だったかを、詩に書いている。

私が物心ついた四、五歳のころ、裕彦さんは、旧制栃木中学に入学したばかりだった。たまに詰襟の学生服を着て、祖父のやっていた医院に遊びに来た。祖父に、きちんと正座して挨拶《あいさつ》していたのを覚えている。

まだ坊ちゃん刈りの私は、どういうわけか裕彦さんの来るのを、妙に胸を躍らして待っていた。私は長男で、周りに遊び相手がいなかったせいか、彼が来ると肩にまとわりついて、傍を離れなかった。どんなにうるさがられても、彼の傍にいるだけでよかった。裕彦さんも弟がいなかったので、

「富ちゃん、富ちゃん」

と、可愛《かわい》がってくれた。

彼は決まってお土産に、栃木市に今でも残っている老舗で作っていた、「スイートポテト」という当時珍しいハイカラなバターの匂《にお》いがするお菓子を買ってきてくれた。私はそれを独占して、誰にも分けてやらなかった。別にそれが惜しかったからではない。裕彦さんの愛情を横取りされるのがいやだったからだ。

だから彼が帰るときは悲しかった。何とかして引き止めたかった。

私はむずかったり、まとわりついたりして彼が帰るのを遅らせた。汽車の時間が迫って、彼が帰った後も、私は妙に心残りで空《むな》しさに苛《さいな》まれた。

私が国民学校二年生の夏休みのことだった。もう大東亜戦争がたけなわになったころである。裕彦さんが栃木中学の三年生くらいだったと思う。詰襟の長袖《ながそで》シャツを着て、裕彦さんは暑そうにいった。

「富ちゃん、泳ぎに行かないか」

私は泳げなかったので、いい加減な返事をした。裕彦さんはそれに気づいて、

「泳げないなら教えてやるよ。さあ、行こう」

と、いやがる私を引っ張って、近くの田川の堰《せき》まで行った。

私の郷里、茨城県結城町には、鬼怒川《きぬがわ》の支流で田川という小さな川があった。田んぼの灌漑《かんがい》のための堰があって、堰の上流は流れが遅く、重たい水が満々とたたえられていた。子供がおぼれて死んだこともあるので、時々遊泳禁止になっていた。

裕彦さんは、私を田川の堰まで連れていって、篠竹《しのだけ》が茂っている草原でさっさと洋服を脱ぎ捨て、越中褌《えっちゅうふんどし》一本になった。私にも裸になれといった。私はもじもじしていたが、覚悟を決めて洋服を脱ぎ、パンツ一丁になった。裕彦さんと一緒なのだから、泳げなくても何とかなるだろう。

まだ躊躇《ちゅうちょ》して水に入らない私に、

「臆病《おくびょう》だなあ。そんなことでは泳げるようにはならないよ。さあ早く入れよ」

と、せきたてるようにいって、自分は待ちきれず、川に飛び込んだ。淵《ふち》のように淀《よど》んだ堰の水に、ザブーンと水しぶきがあがって、堰全体に波紋が広がった。しばらくたって、黒い丸刈りの頭がにごった水面に現れたかと思うと、悠々と抜き手をきって向こう岸に泳いでいった。向きを変え私を見つけると、真っ白い歯を見せて手を振った。私も手を振って答えたが、重い濁った水はまだ怖くて入れなかった。

雨が降った後なので、川は増水して濁っていた。流れは急で、所々で渦を巻いていた。私は怖気《おじけ》づいて岸にしがみついていた。

裕彦さんは、また抜き手を切ってこちらへ向かった。浅瀬まで来て

立ち上がって、

「ああ、気持ちよかった」

と、腕を一振りした。そして、

「富ちゃんもおいでよ。気持ちいいぞ」

と手招きした。

おずおず水に入った私に、手を差し伸べて、

「さあ水をかぶって。ゆっくりこっちにおいで」

と、私の丸刈り頭に水を浴びせかけ、深いほうに誘った。私は行こうとしたが、足がすくんで行かれない。上体だけ曲げて水に浮こうとしたが、脚が前に出ない。裕彦さんの腕が私をぐいと摑《つか》み、流れのほうに引っ張った。あっという間に私の足は地を離れた。

裕彦さんは、私を深いほうに引っ張って行き、

「さあ、今日中に泳げるようにするぞ」

と、まだ怖がってしがみついている私を、胸の深さのところまで連れて行った。

「ほら足がつくだろう。怖がらなくていいんだ」

と、手を離した。私は流されそうになって裕彦さんの脚に再びしがみついた。裕彦さんは私の手をつかんで、

「じゃあ、俺の手につかまって、水に乗って足をばたばたさせてごらん。体は伸ばしたままだ」

といって、しがみついていた私の体をそっと振りほどいて水に浮かせた。思いがけず体は水に軽がると浮き、足は水面をけった。

「そうそう、それでいい。少し進もう」

と私の手を摑んだまま、上流に向かって歩き出した。私は手を引かれて、鯉幟《こいのぼり》の吹流しのように流れに浮かんでいた。この調子なら泳げるようになるかもしれない、と浮き浮きした気持ちになった。

「ほら、泳げるじゃないか。俺の手をはなさず、ついて来い」

私は必死に彼の手をつかみ、足をばたばたさせて水に浮かんだ。

そのとき思わざる椿事《ちんじ》が起こった。ちょうど目の前に裕彦さんの越中褌があったが、流れで布がゆらゆらと動いて、ぱっと外れてしまったのだ。目の前に黒いものが現れた。目をそらそうとしても手をつかまれて水に浮いたままなので、いやでも黒い塊が目に入った。それは目の前でゆらゆらと動いて、流れる水にそよいでいた。

私はびっくりしてしまった。それは私のちっぽけなものとはまるで違って、明らかに逞《たくま》しい大人のものだった。汚らしい大きな黒い塊は、私に嫌悪感《けんおかん》を与えた。大人のものをそんなにしげしげと見たのは初めてだった。私は何か悪いものを見てしまったような気がして、恥ずかしかった。何とかしてそれから逃れたかった。

幸い水は深くなり、それは水に隠れた。

「もうくたびれたかい。あがろうか。この次は一人で泳げるようになるよ」

そういって裕彦さんは岸に向かった。日が傾き、西日が杉林に隠れようとしていた。褌はいつの間にか直されていた。私はなぜか不機嫌になり、黙って川べりを駆け上がって体を拭《ふ》いた。

裕彦さんは西日を浴びながら体を拭《ぬぐ》い、越中褌を取って笹《ささ》の葉にかけ、持ってきた新しいのと替えた。そして私の隣に腰をかけて、ぽつりといった。

「だんだん戦争が激しくなったね。このあたりでも、戦争に引っ張られた人がいるだろう」

その声があまり淋《さび》しそうだったので、私は裕彦さんの顔を見上げた。西日に目をしばたかせたその顔は、もう最前の無垢《むく》の少年に帰っていたが、表情には何か切羽詰ったものがあって思わず目をそらした。

そういえば、実家の隣にあった卵屋の仁ちゃんという威勢のいい青年も、赤紙が来て戦争に行った。私にいろんな遊びを教えてくれた、仲良くしていた青年だが、急に召集されていなくなった。何でも満州に行って苦戦していると、近所の人が話していた。

でも私はさっきの椿事が気になって答えなかった。しばらくそうして草の上に座って、とりとめのないことをしゃべっているうちに夕暮れになった。そのとき近くの木に止まった蜩《ひぐらし》が鳴いているのに気づいた。

「カナカナカナカナカナ」

という物悲しいその声は、六十年以上たった今の私の耳に、不思議にこびりついている。そのときの光景も忘れたことはなかった。私がそのとき何を思っていたかは忘れてしまったが、蜩が鳴いていたことだけは、いまだに情景とともに鮮明に覚えている。

私は家に帰ってもなぜか不機嫌だった。早めの夕食が終って、裕彦さんが、

「富ちゃんさよなら。また来るよ。次は泳げるようになるからな」

といって帰ろうとしても、笑顔で送り出せなかった。いつもだったらじゃれあっていつまでも引き止めたはずなのに、この日だけはそ知らぬ顔をして、彼が行くのを見守っただけだった。何か私の中で、言い知れない喪失感が芽生えていたのだ。

その夜はなかなか寝付かれなかった。布団《ふとん》の中で、今日あったことを反芻《はんすう》した。そして、大好きだった裕彦さんが、もう私の手の届かない遠いところに行ってしまったことに気付いたのだった。

昨日までは裕彦さんは、親しい遊び仲間だった。無垢の少年として、

私のいた子供の世界に輝いていた。

しかし今日はあの黒い大人のものを持った青年の姿を晒《さら》してしまった。あれは自分たちの世界にはないものだ。黒くて下品なものだった。許せないという感じがした。

私は裏切られた思いでいっぱいだった。裕彦さんだけは仲間だと思っていたのに、彼も汚らしいおじさんのようになっていた。それが悔しかった。今になって、その夜の私の気持ちを推察すると、こんな心境だったのではないかと思われる。

私にも大人になる兆候が現れようとしていた。その潜在的恐怖が私にはじめて芽生えたのだ。大人になる不安と恐怖。それに気づくのは、私がもう少し大きくなってからのことだ。

それから裕彦さんは、私にとって子供じみた遊び相手ではなくなった。それからも何度か栃木から遊びに来たが、それまでのように子犬のようにじゃれ付くことはなかった。裕彦さんは、旧制栃木中学の優等生として私の前にたち、単なる尊敬の対象となった。

翌年、裕彦さんが早稲田大学の予科の試験に合格して、東京の下宿に移るのだと、きらきらした顔で報告に来たのは、それから半年後のことだった。学生服をきちんと着て角帽を誇らしげにかぶり、栃木から結城に住んでいた祖父母に、しばらくは会えないと挨拶に来た。私にも珍しく改まって、

「富雄君、行ってきます」

と握手をして、兵隊のように挙手の敬礼をして別れたのを覚えてい

る。

それから裕彦さんが、早稲田大学に入って間もなく、学鷲航空隊という民間の特攻隊予備軍に志願し、やがて訓練中に結核が悪化して帰還を余儀なくされるまで、私は彼のことを風の便りに聞くだけであった。その間に、彼はあの遺書をしたためていたのだ。

二

昭和十七年三月に旧制栃木県立栃木中学四年を修了した篠崎裕彦は、兄哲哉の在学していた早稲田大学の予科、第二早稲田高等学院文科に入学した。祖母に遠慮した母は、入学式に出席しなかった。五歳違いの兄が父兄席に一人見守った。この兄とともに、淀橋区上落合の素人《しろうと》下宿屋の、日の当たらない四畳半に居を定め、貧しい学生生活を始めた。

このころの裕彦のことは、離れて暮らしていた私にはまったく知る由《よし》がなかった。伝聞や、兄哲哉の残した回想録で知ったことから、少し想像を交えて当時の彼の生活を書く。

級友より一年早く、十七歳で旧制の大学予科に入学した裕彦は、多くのよき学友に恵まれて文学に目を開かれ、詩作に没頭した。稚《おさな》いながら十数篇の詩をクラスの雑誌「辻馬車」に寄稿している。いずれもこの年代の若者に特有の、人生の悩み、生と性、死への恐怖と憧憬《どうけい》、メランコリーが切々と綴《つづ》られている。ペンネームを志野冬彦と名乗った。

私にも経験があるが、少年が十七、八歳になると、なんだか知らないが生きるとか死ぬとかが、妙に気になる時期がある。寝ても覚めても人生って何だ、生きる価値はどこにあるんだ、と思い巡らしていた。生きることへの不安は、同時に死への恐れになる。この私の生が終われば、永遠の無に帰する。それは必ずやってくる運命である。毎夜死ぬことを思って恐怖におののいた。まだ少年の肩や胸には、生きている証拠の筋肉が、少しずつ芽生え始めたばかりというのに。

生への不安は、同時に性への不安でもあった。目覚めようとしてあがいている性は、抑圧しようとする罪悪感といつも戦っていた。だから恋は現実のものにはならず、恋に恋する悩みになって褥《しとね》をぬらした。

裕彦のこのころの詩に現れた彼の悩みは、まさしくそういうものに過ぎなかった。このころの詩をひとつ参考までに引用する。

巷《ちまた》に人は

巷に人は
憩《いこ》ふとか
大地にわれは
憩はまし

星宿はるか
静謐《せいひつ》の恵み得しわれ

天地の
冷ややかに溢《あふ》るる涙知る

街をさかりつ
山の間に
快楽《けらく》を捨てつ
わが生命
悩みの湧《わ》きて悶《もだ》ゆとも
悲哀に黙《もだ》し憩ふなれ

感傷的、観念的という謗《そし》りは免れないが、青春のすがすがしい詩魂が溢れたいい詩だと思う。この詩を含め、このころの裕彦は、自分を永遠の時間のなかの漂泊者と捕らえ、どこへ向かっていったらいいか、何が生きるというものかを拙《つたな》いペンで執拗《しつよう》に書き綴った。そのころの裕彦は啄木《たくぼく》の歌に耽溺《たんでき》し、啄木を讃《たた》える短歌を残している。ドイツ語の授業で習ったゲーテやハイネの影響も見られる。

死への怖《おそ》れはとりも直さず、充実した人生の帰結としての死への憧《あこが》れになり、無垢のまま骸《むくろ》になって、永遠の眠りにつく自分を夢想する人生観となった。汚《けが》れてはいけない。無垢のまま死ぬこと。何か絶対に価値あるものに殉ずること。しかし問題はいかにしてそれを実現するかであった。

昭和十七年といえば戦況がたけなわとなりつつあった。見廻せば目の前には存亡の危機に瀕《ひん》した、愛する祖国があった。そこに最愛の母も、まだ見ぬ恋人もいた。祖国に盲目的に殉ずる生き方は、子供のころから叩《たた》き込まれていた。忠孝一如《いちにょ》。時局はなべて、それを指差していた。軍国教育は、すべての悩みにただひとつの解決方法を教えていた。祖国のために死ぬことである。情報が少なく、批判力を欠いた少年にとって、それに従うことは、赤子が乳房に吸い付くより自然なことであった。

祖国を守る戦いで斃《たお》れるなら、純潔のまま死ねる。生きる目的を失うことなく、無垢の生を全うすることができる。そのためには急がねばならない。目隠しされた馬のように、十七歳の少年は、ひたすらそこに向かって走った。蜜蜂《みつばち》のように甘い死の陥穽《かんせい》に飛び込んでいったのは、ごく自然なことであった。
裕彦が、逃れようとすれば他に抜け道があったのに、ただひたすらに死への道を突っ走ったのは、こういう心理が働いたのではないだろうか。多かれ少なかれこの時代の若者に共通の、死を恐れぬ情熱には、こんな気持ちがあったことを想像せねばなるまい。

入学した翌年の夏、裕彦は同級生と、尾瀬沼を逍遥《しょうよう》する旅に出ている。群馬県沼田町からトラックに便乗し、荷鞍山麓《にくらさんろく》の片品《かたしな》村でトラックを降り、長蔵小屋で一泊、尾瀬沼を周遊した。さらに山深く分け入り、東電小屋、弥四郎小屋に泊まりながら富士見峠を経て戻るという壮大な旅だった。裕彦は、これが自分の青春最後の、大自然に触れる旅になると感じていた。

彼にとってこの旅は、一生の転機となったと裕彦は後に日記に書いている。何を考えたかは詳《つまび》らかにしないが、同年代の友と語り明かし、青春の喜びと人生の苦悩に目を見開かされた。これからの行くべき道も見えてきたであろう。

この昭和十八年は戦雲急となり、最初の学徒出陣が行われた。十月二十一日、明治神宮の杜《もり》で東条英機首相の臨席のもと、東京の各大学高専の出征学生たちの壮行会が行われた。学生たちは土砂降りの中を行進した。

栃木で祖母に連れられて芝居を見なれていた兄哲哉は、早稲田大学に入学してからは演劇部で活躍していたが、いち早く学徒出陣に応じてその中にあった。裕彦のクラスでも何人かの学友が兵役を志願した。その出陣学生を送るクラスの壮行会で、裕彦は友を送る詩を朗読した。目を天井と壁の境あたりに据えて、堂々と力強い声で即興の詩を読んだ。十八歳の彼の言葉に、聴衆は満場水を打ったように沈黙したと級友の一人が書いている。その詩が、当時の軍国教育の産物であったにせよ、祖国を愛した少年の純潔の言葉は、同年代の若者を感動させずにはおかなかった。彼の思った祖国は、あの最後に旅した雄大な尾瀬の山々のような自然に囲まれた、平和な国だったたと思う。

級友たちは粛々と出征していった。海軍予備学生として、また陸軍予備士官学生として、横須賀や習志野の訓練地へと去った。裕彦は入隊した兄から軍隊がいかに非人間的組織であるかを聞いて知ってはいたが、自分がそれを回避するのを潔《いさぎよ》しとしない気持ちのほうが強かった。

海軍はすでに昭和九年から海軍飛行科予備学生制度を設け、十七年九月採用までに三百八十五名の予備士官を養成していた。さらに予備学生の参加を積極的に勧めるために、横浜飛行訓練所などの民間の水上飛行基地に、海軍予備役出身の士官を所長に据え、積極的に青年の海軍航空への道を推進していた。海軍士官そっくりの制服を着た若者が雑誌などの口絵を飾った。後に「学鷲血盟特攻隊」の学生長となり裕彦の指揮をとった平木国夫氏もその中にいた。

この平木国夫氏が戦後、歴史の中に埋もれ忘れ去られようとした、民間人による「学鷲血盟特攻隊」のことを書き残してくれた人物である。それがなかったら、裕彦らの存在は誰の目にも触れることなく、歴史の暗闇《くらやみ》に消えてしまったことであろう。

裕彦は年少にもかかわらず、頑強な体を持ち、教練のとき整列すると、右から二、三番目だった。髭《ひげ》も濃いので、級友たちは彼を年長と思っていた。後になって最年少だとわかった時はみんな驚いたという。

裕彦は昭和十九年の海軍予備学生に応募しようと思ったが、年齢制限で入ることはできなかった。思い余った裕彦は、海軍人事局に次のような嘆願書を提出した。

「私はこの戦争の推移につれて、一日たりとも銃後の生活に甘んじていられないのであります。（中略）このときこそわが心身を国家にささげ奉《たてまつ》るべきと考えるのです。それゆえ、過去久しく海軍予備校生たらんと精神の修養と身体の練磨に励んできたのですが、本日その資格を見ますに、満二十歳以上とあります。残念ながら私は大正十五年一月の生まれであり、その資格がまだありません。しかしいま、早稲田大学の予科三年に在学中であり、九月には卒業になります。身体の面では他に勝れております。是非とも若輩とは言え、受験できますよう切に切に人事局係官の計らいを衷心より御願い致します。

栃木県栃木市　　篠崎裕彦

海軍人事局御中」

この嘆願書は聞き届けられなかったが、かえって彼の国を思う熱情を掻《か》き立て、焦燥のうちに民間の特攻隊予備校に身を投ずる原因となった。

昭和二十年、やっと二十歳となり、裕彦は郷里の栃木市で徴兵検査を受けた。甲種合格、しかも体格が特に勝れていたので、表彰も受けた。表彰状が残っている。

体格優良の証

昭和二十年適齢　　　篠崎裕彦

身長一、七一九米

体重六七、二キロ
胸囲〇、八九二米
右ハ昭和二十年徴兵検査ニ於イテソノ体格優良ナリ。依《よ》ツテ之《これ》ヲ証ス

昭和二十年二月十日
徴兵官宇都宮連隊区司令官　藤岡彦衛
栃木市長　高橋延寿

昭和二十年の一月には、米軍がルソン島に上陸し、翌二月には硫黄島も戦場となった。三月十日には、B29爆撃機三百二十五機編隊が首都東京を無差別爆撃した。三月十七日には硫黄島玉砕と続き、四月一

日には沖縄に米軍が上陸した。いよいよ本土決戦必至の局面となった。

裕彦は前年から、飛行兵への近道を探るために、民間の横浜飛行訓練所に入所して、特攻隊員になるための訓練を受けていた。二十年に入ると、滋賀県大津に昭和十八年から創設されていた天虎《てんこ》飛行訓練所で、訓練生の特攻隊参加が決議されて、海軍所轄《しょかつ》の神風特攻隊に続く、民間人のみの特攻隊予備軍が組織された。それが戦史の表面には現れない「学鷲血盟特攻隊」であった。

横浜や羽田の航空訓練所にいた飛行訓練生らも、学鷲血盟特攻隊に参加すべく、全員が大津に集められ、ここで特攻訓練を受けることになった。横浜でも急遽《きゅうきょ》五月中に大津の訓練所に出発することになった。これに参加するためには、学生は指を切った血液で血盟書に署名していることが必要だった。その際の痛みから、はっきりと自分の覚悟を確かめたという。

裕彦は、そのころ体調が悪く訓練所にはいなかった。世田谷区北沢で熱のある身を横たえていた。近くの女医からは、約一ヶ月郷里に帰って養生するようにといわれていた。

病気の不安の中で、この血盟決行のことを知った裕彦は、取るものも取りあえず平木学生長の私宅に急行した。そのときの歌が残されている。

山の手の運転台の窓越しに　走る町みつ自爆を思ふ
夜半行くに罹災《りさい》の町は静もりて　焼けしトタンに風の吹く音

どちらを向いても空爆の跡ばかりだった。やっと探し当てた学生長の自宅には、あいにく学生長は外出中で、長いこと待ったが会うことができなかった。今日会えなかったら血盟特攻隊に参加することはできない。裕彦は置手紙を残して帰った。

「本日はつひにお会ひできず帰ります。自分はこれから自分自身の生きる道を探します。生きるが実の生か。死するが実の生か。自分はそのいづれかを選びませう。今後お会ひすることがあるかどうか、ご多幸を祈ります。残念といへば残念。怒るに言なく、想枯れてゐます。誰にも会はずにこのまま帰ります。時が遅かつた。

五月四日、二十時四十分　　裕彦」

帰宅した学生長は、玄関先でこの置手紙を読み、血相変えてそのまま表へ飛び出した。ようやく市電の停留所で、うなだれた裕彦を見つけ伴って帰り、夜通し話し合った。翌日、医師の診断書を貰《もら》い、血盟書の最後に名を連ねることができた。

こうして彼は、のっぴきならない運命を自ら引き受けることになった。入隊の前々夜、五月二十五日止宿先の北沢付近は激しい空襲を受け、周囲は猛火に包まれた。渋谷、神宮前あたりも全滅した。この日は、三、四時間仮眠しただけだった。八王子回りで、ようやく横浜駅に着いたのは翌日の三時半だった。それからまんじりともせず朝を迎えた。

翌五月二十七日朝、横浜駅には三十人の学生が整列して、見送りの親兄弟と永訣《えいけつ》の挨拶《あいさつ》をしていた。各大学、高専の制服制帽を着用して日章旗を襷《たすき》がけにしていた。左胸には黄金色の翼マークの縫い取りをつけ、飛行用の半長靴《はんちょうか》を履いていた。

近親者たちは彼らが特攻に出ることを全く知らなかった。承諾書はいずれも学生たちが三文判を押して自ら作っていた。彼らは民間の学生でありながら、すでに特攻隊員として、自爆する覚悟をみなぎらせていた。血盟書の最後に加わった篠崎学生は、一見長身で逞《たくま》しい体格なのに、土気色の顔をして一番後に大津行きの列車に乗り込んだ。

琵琶《びわ》湖畔大津につくと、各訓練隊の学生は大津市馬場里中町にあった天虎飛行訓練所に集合して民間人だけの特攻隊を結成し、翌日から特攻訓練を受けることになった。羽田、横浜から参加した学生と大津に前からいた天虎の訓練生を加えると、総計七十三名の死を決した若者たちであった。

五月二十八日より訓練開始、午前四時に起床洗面、五時から飛行訓練、七時に朝食、八時十分から再び飛行訓練、九時十分に飛行終了、昼食後三時まで休憩、三時から四時三十分まで別科の授業、薄暮飛行の場合は、その後も厳しい飛行訓練が連日続けられた。

裕彦はそのころ深刻な体の不調を感じていた。東京にいるときから微熱が出て咳《せき》が出ていたが、このところ倦怠感《けんたいかん》が強く咳がひどくなった。乾いた咳は執拗《しつよう》に続き、時には血が混じった。とうとう訓練が始まった日にはかなりの血を吐いた。思っていたとおり肺結核の症状だった。目の前が真っ暗になった。しかし迫り来る特攻の日は、かえって彼には救いだった。それまではなんとしても持ちこたえなければならない。

六月二日の裕彦の日記には次の記載がある。

「身病む。特別訓練開始に当たりて、天為無残を歎《たん》ぜんか。只《ただ》、意志の力、精神力あるのみなり。今日は天虎創立十周年記念及び特別訓練隊発足の式を挙ぐ。（中略）

風吹かば桜に譬《たと》ふ我が身かも　恋なく想《おも》ふ恋の悲しさ

（中略）

詩情絶つるに、身病みて詩情また沸くを覚ゆ。只絶つべし。青春の夢と現実の相克に自分は敗れた。即《すなは》ち夢に現実を欠き、現実の存在、行為には信仰に値する夢を失ひたり。今こそ特攻隊員たるべきその抱負にこそ、この二十年の人生に悩みたる問題の解決がある。

自分たちの目的は夢的現実性を備へ、亦《また》現実的夢をも具《そな》へたる大君の下に、国家のために果てなん理念のみが、最初にして最後の理念である。

今日も遂に横浜より飛行機来たらず。」

とある。

喀血《かっけつ》した今は、急がねば間に合わない。自爆するため、早く単独飛行の訓練を始めなければならない。しかし横浜から90式初歩練習機三機が空輸されることになっていたが、それが着かなかったのだ。

報道では、出発予定の五月三十日の前日、横浜はB29他六百機によって爆撃され、市は壊滅的打撃を受けていた。空輸が可能になったのは、六月八日になってからのことであった。途中清水港と新舞子で燃料を補給し、琵琶湖に着水する予定だったが、愛知の新舞子では、波が高く離着水できなかった。やむなく途中で二泊し、やっと十日に琵琶湖に着水することができた。

練習機は着いたものの、ここにはそれを操れる二等操縦士は数人しかいなかった。学生たちの技量はまちまちで、今すぐ特攻に間に合いそうな人員はいない。訓練を重ねなければ自爆攻撃などできない。

それを短期の訓練で、特攻に出そうというのだから、まるで空の竹《たけ》槍《やり》部隊のようなものだった。そればかりではない。訓練に必要な燃料の調達ができない。死を決したものの、その緊張をこのままで持続させるのは至難のことだった。所長の訓示では、九月までは待てない、八月中には決行するだろうということであった。

裕彦の体はますます不調だった。毎日微熱が出て水上の訓練には出ることができない。しかし、彼は神に与えられた試練として、かえってそれを梃子《てこ》にして死の緊張を持続させようとしていた。そのころの歌。

嘆かばや空に散らなん命なり　大和桜は風のまにまに
さ碧《みどり》の水平の果てに朽ちるとも　よきと思ほゆ天かくるわれは

一方ではこういう歌も詠《よ》んでいる。彼の寂寥《せきりょう》がにじんでいる。

大津なる琵琶湖の浜のほとりにて　われ病み初めき血を吐きしより
病める身を秘してはろばろ舟漕《こ》げば　胸痛みきて耐へぬ思ひす

七月に入って戦況いよいよ緊迫した中で、裕彦の病状はますます募り、練習に参加することもできなくなった。さしも頑健だった彼の体は衰え、血の混じった痰《たん》を常時吐くようになった。このまま訓練を続けさせても攻撃に耐えることはできまい。学生長の判断で、裕彦の留まろうとする強い意思にもかかわらず、いったん生家に帰すことが決定された。郷里に帰ればもう二度と特攻には戻れまい。裕彦はこの決定を悲痛な面持ちで聞いた。

裕彦は、教官からもらった片道切符を握って大津駅に急いだ。訓練所の学生全員がホームに裕彦を見送った。今別れたらどちらが先に死ぬかわからない。元気で頑張ってくれというのもおかしい、異様な別離であった。

列車がホームを離れるころ、あたり一面夕靄《ゆうもや》が立ち込めて、彦根城が朧《おぼろ》に浮かび上がった。琵琶湖面に、にわかに漣《さざなみ》が立ち騒ぐ気配を覚えた。見送りに来た全員、列車が見えなくなるまで手を振って別れたという。

列車は満員で、煙草《たばこ》の煙が車室に充満していた。裕彦は咳き込みながら、病める身を横たえる場所を探したが、どこも満員で座ることさえできなかった。デッキの窓枠に体をもたせ掛けて、苦しい一夜を耐え抜き、翌朝早く東京駅に着いた。しかしそれから上野まで行って、東北線に乗り換え小山経由で郷里の栃木まで行く気力は喪失していた。東京駅でしばらく休んだ後、ひとまず従兄弟《いとこ》のいる中野までたどり着くのがやっとだった。

翌日、疲れ果てた裕彦は、母の待つ栃木市に帰ったが、その後何日かは起き上がることもできなかった。しかし母ていは、初めて愛する息子の看病ができた。

八月に入ると、広島の原爆投下、続いて九日には長崎にも投下され、ついに終戦の日を迎える。裕彦が終戦の玉音放送をどんな思いで聞いたかは記録されていない。ただ琵琶湖の訓練所では一部の訓練生が日本刀を携えて所長のところに押しかけ、対岸の大津海軍航空隊と呼応して、特攻出撃したいと詰め寄る一騒動があったという。

終戦から三日目に空の竹槍部隊「学鷲血盟特攻隊」は、念願の特攻を一度も決行することなく幻のまま消えた。その存在すら、昭和四十一年に、当時の学生長の平木国夫氏がその成り立ちを詳しく記録するまで、秘密のベールに包まれたままだった。

その闇《やみ》の中から、裕彦が血まみれの体で詩や文を叫んだのは、終戦からの数ヶ月に過ぎない。

三

終戦の年、私は国民学校五年生になっていた。激動の夏が過ぎようとしていたある日の夕方、父が山羊《やぎ》を一匹引いてきた。

「裕彦が来たら乳を飲ませるんだ」

「えっ、裕彦さんが来るの」

「やっと戦争から帰ったんだけど、病気になってしばらく結城に来ることになったんだ」

「じゃあ、しばらくいるんだね」

私はうれしくて、有頂天になって叫んだ。

父はなぜか浮かぬ顔をして、

「裕彦は体が衰弱しているから、山羊の乳のように滋養があるものが必要なんだ。今日、農家の庭でこの山羊を見つけたから譲ってもらって来たんだ。毎日草を食べさせるのに裏山に連れて行ってくれ。それがお前の役だ」

と繋《つな》いだ引き綱を私に渡した。

裕彦さんが来る。私はうれしくてたまらなかった。もう二年以上も会っていなかった。その間に私は身長が十センチ以上伸びた。教えてもらった川泳ぎも五十メートルは泳げる。何から話したらいいのか、私は心が弾んで山羊の綱を握り締め、早速裏の山に連れて行った。

夕食のとき祖父に、

「裕彦さんいつ来るの」

と尋ねたところ、

「裕彦は戦争に行って、重い病気にかかって帰ったんだ。お祖父ちゃんが診てやるんだけれど、子供はうつるから絶対に近づいてはいかんよ」

と厳しい顔で釘《くぎ》を刺した。

「えっ、何の病気」

「腸結核だ。ひょっとしたら治らないかもしれない」

と暗い顔で答えた。どうやら怖い病気らしい。

それから祖父の家の中はあわただしく準備が進んでいった。病室の布団が毎日干され、石炭酸消毒のにおいがあたりに漂った。私は少し離れた両親の家に住んでいたが、山羊に草をやるときは祖父の家の脇《わき》の細道を通って、墓地の裏の山に行った。でも日の当たる二階の、病室の障子は閉まったままでひっそりとしていた。

いよいよ裕彦さんの入院の日が来たが、私は近づくことを許されなかった。どうやら帰ってきた裕彦さんの病状は予断を許さず、栃木の医者が手に負えないというので、結城の祖父が診ることになったらしい。

後でわかったことだが、裕彦さんは一歳の頃、原因不明の病気にかかり、栃木の医者にさじを投げられてしまった。もう死ぬと諦《あきら》めたとき、祖父の多田愛治がつきっきりで治療に当たり、命を取り留めた経験があるという。裕彦の母ていは、今回も最期《さいご》の望みをこの祖父に託そうとした。祖父は産婦人科の医院を開業していたが、ていの懇願をいれて、ひとまず診ようということになったらしい。

裕彦さんは、栃木からていの伯母さんに付き添われて木炭自動車でやってきたが、私は会うことは許されなかった。誰にも会わずに、二階の病室に上がってしまった。

当時、結核は死病とされていた。空気感染すると思われていたので、子供は特に危ないからと、近づくことさえ神経質に禁止された。特に私は将来医者になって、この医院の跡取りになることが決められていたので、なおさら厳格に止められた。

私は大好きな裕彦さんがすぐ近くにいたのに、言葉を交わすこともできなかった。唯一《ゆいいつ》裕彦さんと私の間を繋ぐものはあの山羊だった。私は無心に草を食《は》む山羊の背中を眺めては、裕彦さんが早く治って、私にあの輝くような笑顔を見せてくれるように祈るばかりだった。

裕彦さんは下痢をしていたらしく、裏の物干し台に越中褌《えっちゅうふんどし》が何枚も干してあって、西日に翻《ひるがえ》っていたのが、唯一彼がいる証拠だった。私はそれを眺めながら、五年前の田川での出来事を思い浮かべた。しかし、二階の病室を見上げても、裕彦さんの部屋はひっそりとして人の気配すらなかった。

翌日祖父が沈鬱《ちんうつ》な顔をしてつぶやいた。

「裕彦はいかんな。専門の結核療養所に行かせるほかはない。でも一年もつかどうか」

「そんなに悪いんですか」

と、祖母が心細そうに訊《き》いた。

「うん。腸結核がひどくなって、栄養が吸収できない。このままでは一年ももたない。友人の息子が、阿佐ヶ谷で結核専門の病院を開いているから、そこに聞いてみようと思う」

「東京に行っちゃうの。来たばかりなのに」

私は不満だった。

裕彦さんは、すぐ病室からいなくなった。登校日で私が家にいない間だったので、別れの挨拶《あいさつ》もできなかった。私は裏切られた感じがした。裕彦さんとの間にあった細い糸のようなものが、ぷっつりと切れてしまったようだった。

祖父の言っていた東京の病院は、戦災で焼けてしまったそうで、裕彦さんは東京に行くことなく、栃木の実家の別荘で、母の看護を受けて療養することになったようだった。まだストマイやパスのような抗生物質はなかったころである。裕彦さんには告げられなかったが、もう手の施しようがないので、余生は母とともに過ごさせようという祖父の配慮からだったと思う。しかしこれで、私の裕彦さんとの絆《きずな》は、永遠に断ち切られてしまった。草を食べさせるのに毎日山に連れていった山羊も、いつの間にかいなくなってしまった。

戦争が終わって、子供の私の目にも、世の中はめまぐるしく変化していた。毎日敬礼をしてから教室に通った、陛下のお写真を安置した奉安殿に、誰もお辞儀することはなくなった。学校も国民学校から小学校へと名前を変え、修身や国語の教科書は墨で塗り潰《つぶ》された。鬼畜米英は消えて、進駐軍のジープが餓《う》えた民衆の渇望の的になった。世界が刻々変わっていくのが茨城の田舎にいてもわかった。

ここからは、もう一度、兄、哲哉の詳細な記録と、私の想像による再現である。

祖父からも見放され、病床に就いた裕彦さんは、どうやって生きる力を回復したのであろうか。

敗戦は彼の純潔な心を、粉々に打ち砕いてしまった。すべての価値が逆転した。風景はまるでフイルムのネガのように反転した。燦々《さんさん》たる陽光は陰鬱な影に沈み込み、暗黒だった部分がまばゆい光にさらされた。何もかも価値が逆になった。そのころ裕彦さんが友人へ宛《あ》てた手紙には、ただ一行こう書かれていた。

「祖国を愛するが為《ため》に踏みし過去の行為は正しかるべし」

これが裕彦さんの苦い感慨だった。何も知らされず、死に向かってひた走った青春に決別するには、ねじれた論理の階段をよじ登らねばならない。一度無意味になってしまった人生に、何らかの価値を回復するなど、できない相談だった。簡単に転向を叫んだ知識人とは違った。

失意の裕彦さんは、あの日から最愛の母とともに水入らずの療養生活を送っていた。篠崎別荘は店の喧騒《けんそう》を離れた、巴波川《うずまがわ》のやや上流の静かな一角にあった。彼の生家がまだ隆盛を誇っていたころに建てた、贅《ぜい》を尽くした数奇屋《すきや》で、鬱蒼《うっそう》と庭木が繁《しげ》っていた。私の記憶では大きな花梨《かりん》の木があって、秋にはいくつもの実がさわやかな香りを放っていた。それなりの庭石と池もあった。

ここで裕彦さんは四十篇あまりの詩と、エッセイ、短歌、俳句、そして未完の戯曲の大作を書いた。彼は筆名の志野冬彦を名乗って詩や文を書いていたので、これからのことは冬彦と呼ぶことにする。詩の草稿には、日付が残っていないので順番は定かでないが、絶対的絶望の淵《ふち》から、詩を書く気力を取り戻し、そこに希望をつないだ経過は判《わか》る。数ヶ月後に迫っていた死を直視し、生きたい、生きなければならぬと、叫ぶまでに生命が回復してゆく過程がその詩に刻まれている。

はじめは、

「グザグザに刻まれ、こぼたれた人形をもとに戻してください」

と悲痛な叫びであったのが、丹羽文雄の「特攻隊裏面史」を読んで、

「僕たちの純情は赤子の笑ひのやうに無意味なものだつた」

という諦めに変わった。

ある友人への手紙には、

「かつて信じたものはことごとく消え去った。それは泡沫《うたかた》よりもなお

淡いものだった。死の感傷に酔った生命はどこに去ったのか。戦う国を愛した情熱はまたどこに去ったのか」

と述懐している。そして、

「僕の病気も昨年中には治ると楽観していたが、発病前後の精神的、肉体的な苦労に由来してか、今年いっぱいは養生の必要があるという。これが僕にとっては最善の宿命でもあろうか」

と続く。数え年二十歳の冬彦の嘆きである。

このころ体は衰弱していても、詩作への熱情は回復しつつあった。完成度は低かったが、多数の意欲ある詩の草稿が残された。そのひとつに次のようなものがある。最後の二行に心情が現れている。

病室の窓

ミルク漏る光　透けるグラスに
白き非情　冷たき肌
雪のごとく　五臓にしみぬ
極北の氷原にさまよひ行きて
わが墓はここぞと
蒼き指もて銘彫れる夢想
深き迷ひか
血の文字は消えず　血は紅なり
風のみか吹雪荒《すさ》びやまず

病窓に吹きぬ
あはれ生命ひしと抱きて
肉は衰へてありき

この詩を送った親しい友達への手紙には、

「この数日また胸が痛い。咳《せき》が苦しい。すべてを超越したい。ああ、死にたくない。もっと生きたいのだ」

と、冬彦は生きることを渇望するに至った。

死期が迫った昭和二十年の秋になって、冬彦は、畢生《ひっせい》の大作に挑戦した。これまでに書いたことのない戯曲である。いや戯曲というより、詩劇といったほうがいいのかもしれない。それは死ぬ前に完成しなかったが、残された草稿からは、二部四幕の壮大な劇である。彼の死を前にした思いを理解するために、大部だけれど要約を紹介したい。

全体の題は「神々の死」である。このころ実際冬彦の手紙や詩には、頻繁にニーチェの「神は死んだ（Gott ist tot!）」という言葉が引用されている。この戯曲は冬彦の「神の死」の表出であった。

第一部の「序曲」は、二場からなる地球創世の神話的序章である。

第一部・序曲

時代……天地創世のある時期

人物……プロメテウス的男

天上の美貌《びぼう》を持つ女性

舞台一面、漆黒の世界、それは沈鬱と混沌《こんとん》に満たされた地球創世の宇宙の苦悶《くもん》。この世界は究極の真実である暗黒、「無」の相貌である。一条の光に浮かび上がったのは草も生えない巨岩と、微動だにしない一人の男と白い薄布の女。

間もなく男の影が動いてよろめきつつ立ち上がる。いまだ体には力が入らず、誕生の苦痛の叫びがあがる。肉と骨がばらばらに砕ける痛みの後、身体中の筋と節々が徐々に伸びゆき、目を開く。こうして男は生を受け、生きる苦痛を知る。天上の記憶には時間というものはなかったが今は時間の中に生き、つかの間の喜びと悲哀を知ってしまう。

男が苦悩のあまり、ぶち割った岩の裂け目から、泉が湧《わ》き出し、女は清冽《せいれつ》な水しぶきの中に立ち上がる。照明が紫に変わり、出産の痛みの声とともに女が誕生する。女は心地よい地上の風に、天上の愉楽とは違った夢と希望を感じる。

第二場

「火の男」は「水の女」を発見し、天上では感じたことのない、激しい恋の感情におののく。女も初めて羞恥《しゅうち》の心に気づく。二人は互いに求めあうことによって、天上にはなかった地上の真理、「生・滅・流」という永遠の三相に気づいてゆく。

二人は火と水の相容れない運命を知りながら、相手を恋し口づけをする。火と水という、ともに滅ぶべきものの合体は死である。

「生・滅・流の極まるところは無である。汝《なんじ》の無の美、滅亡の美とを愛する」

と男は叫ぶ。女は、

「孤独の魂は今ここに結ばれた。愛の満ち足りた心よ」

と賛美しながら息絶える。男は女の骸《むくろ》に覆《おお》いかぶさり慟哭《どうこく》する。しかし、

「恋は流転の世に咲いた幻の花……」

と狂ったように絶叫しながら倒れ伏す。かすかな地鳴りとともに、雪降りしきり、照明は深海の冷たさに変わり、二人を弔うように風音が響き渡る。

「プロメテウスはその力のゆえに恋する乙女を石に変えてしまった。恋は永遠に成就《じょうじゅ》しない」

という意味の声が聞こえて、この第一部は幕となる。

これが、冬彦が死を目前にして書き始めた序章の要約である。彼は地球創世の瞬間から、人間に課せられた、男女の愛と憎悪《ぞうお》の運命を予告する序曲を書こうと試みたらしい。昭和二十一年一月二十九日の日付があるから、死の約四ヶ月前に書いたことになる。

ついで「神々の死」第二部は、打って変わって、現代の東京の山手が舞台になる。神学者、原田竜造（五十五歳）の自宅。書斎で病身の息子良夫と、大学での友人、貧しい家に生まれた丈吉の対話から始まる。

良夫は竜造の先妻の子で、現在の若い母由江には屈折した感情を持っている。一方、丈吉は、由江と密通している。丈吉は良夫に金をせびり、代わりに良夫の言いなりになっている。しかしその裏で、良夫がひそかに愛しているオデオン座の踊り子、夢子をものにしている。良夫の、夢子宛の手紙を丈吉が盗み読みしたことから、二人の間に口論が起きる。そこにお茶を運んできた由江が加わり、三人の複雑な関係があぶりだされる。

第二場では、開け放たれた窓の夜空に向かい良夫が書き物をしている。そこには、

「滅べ滅べ、人生というもの、世界というもの
それでも銀河系の輝きはかわらない
すべては無限の中にある

瞬間なるものは、すべてに不思議な意味を与える人間自身なのだ」
（中略）
「あっ、あの星は何だ。いやに赤い光を放っている。血溜《ちだ》まりのうちに落ち込んだような色合いだ。強くなったり弱くなったり赤い光を放っている」
と空を見上げる。
「死を讃《たた》うる勿《なか》れ
死は幻の花なれば
これはどんな意味なんだ。自分の唇から漏れた詩句の断片が解けないなんて。こんな星空のこんな悲しい懊悩《おうのう》の一瞬の光芒《こうぼう》こそ幻の花じゃないか。

おや今度は流れ星か。僕の願いはオデオン座の夢子のこと。夢子と僕は、何かで結ばれているような気がするが……」

父竜造が入ってくる。やつれた息子の顔に、亡《な》き先妻の面影を見つけ、長い後悔の独白。自分が神の道を外れた愛欲の末に、今の由江と結ばれたことを告白する。良夫は、自分が継母に惹《ひ》かれながら生きていることを恥じつつも、彼女が年下の丈吉を可愛《かわい》がるのも神への反逆であると叫ぶ。

「ああこれも些細《ささい》な喜劇か。人間はどこから来てどこに去るのだ」

第三場

オペラからの帰り道、街灯の下で丈吉と由江の不道徳な対話。崩壊した家庭から逃げ出すための不倫、それと知りつつナイト役を装《よそお》い続ける丈吉の、悪魔的性向が露呈される。幕。

第二幕・第一場

内科医院の前で、診察を済ませた良夫が手にしたレントゲン写真を透かし見ながら独白。

「ずいぶん影が出ているな。右肺三分の二、左肺二分の一。ちょっと歩くとこんなに気持ち悪い汗が出る。……ここにオデオン座のポスターが出ている。夢子はどうしているだろうか」

通りがかりの親子連れが良夫を見て囁《ささや》く。

「あの人は気違いだよ」

第二場

夢子のみすぼらしいアパートに、良夫が訪ねてくる。二人の会話から、良夫の純愛に対して、丈吉の邪悪な愛欲が露《あら》わになってゆく。

「蛇の目をした蜘蛛《くも》の心を持った男だわ」

良夫は夢子への愛を告白するが、もう長くは生きられないことも話す。夢子も、実は自分が私生児で、母は肺病で、施療院で惨《みじ》めに死んだこと、そして生きるために多くの男と関係を持ったことを話し、

「私はあなたに愛されるようなきれいな女じゃないのよ」

「それはお前の罪ではない。お前が生きた社会がいけなかったんじゃないか。……この世には道徳も不道徳もないんだ。

この窓下で歌っている子供たちのように、未来への希望と憧憬《どうけい》とに体中を膨らませることができる人が、本当に幸福な人なんだ」

子供の歌声が遠く聞こえる中で、幕。

第三幕・第一場

カトリック教会の中、竜造と良夫が信者用の椅子《いす》に沈痛な表情で掛けている。外国人の痩《や》せた老神父が二人の前に立っている。

ここで神学者原田竜造の過去の、隠されていたオランダ娘との情事が告白され、その上良夫の母との欺瞞《ぎまん》的結婚の真相が暴《あば》かれる。

次いで、竜造の重大な秘密が明るみに出される。良夫の母が死んでから、竜造はその寂しさゆえに、市井《しせい》の貧しい女とねんごろになって、女に私生児を産ませて捨てた。その後竜造は捨てた女と会っていないが、風の便りでは女は娘を残して、施療院で極貧のうちに結核で死んだという。
この告白で、今まで知られなかった夢子の過去が、良夫とつながることが暗示される。二人は異母兄妹だったらしい。しかし良夫はそれには気づいてはいない。
竜造が出て行った後、神父が跪《ひざまず》いて祈りをささげて幕。

（未完）

この戯曲は、昭和二十一年二月下旬に冬彦の病状が悪化したために、未完のまま残された。恐らく原稿用紙にすれば百枚を越す大作である。推敲《すいこう》のあともあるが、台詞《せりふ》には未整理のところも少なくない。よほど急いで書いたに違いない。あらすじを書き写すだけでも大変な作業なのに、死を目前にした体で、これを書き続けた情熱は何だったのか。ここで、冬彦が書きたかったのは何であったのか。それを考えるために、冗長を覚悟に長々と引用した。

敗戦というすべての規範が逆転した現実で、全く無意味になってしまった冬彦の人生に、文学だけは生きる手がかりを与えた。そして、生きることとの不条理、虚無を凝視する力を与えたのではないか。自分にはまだ考えるべきことがある。まだ書いておかなければならないことがあるという思いが、彼にこの大作を書かせたのではないのか。

そこには、特攻隊のカーキ色に染まったナルシシズムを脱ぎ捨て、人間として誰でも直面しなければならない不条理と虚無の諸相が描かれていた。数え年二十歳での、いわばドストエフスキー的回心である。

それがこの若書きの戯曲に籠《こ》められている思想ではないだろうか。結末がどうなるのかはわからない。いくつもの発展が考えられる。決してハッピーエンドではあるまい。もっと血の凍るような深淵《しんえん》が用意されていたと思う。でも未完であるゆえに、複雑に絡《から》み合った人物群が想像させるものはかえって多い。愛と邪悪、罪と救い、そして神と背徳、それは戦争の犠牲となった青春が、死を直前にして最後に投げつけた重い問いでなかったか。

では、なぜ戯曲なのか。初めて挑戦するのには、厄介な決まりや演出の指示のいる戯曲にしたのはなぜか。

私はこう思う。昔祖母に連れられて見に行った栃木の芝居小屋の感動が彼に蘇《よみが》えったのではないか。それとも小説に仕立てるには時間が足りないと悟って、最小限の「とがき」ですむ戯曲にしたのかも知れない。

いずれにせよ戯曲は未完に終わった。学鷲血盟特攻隊に志願する際、学生長宅に残した置手紙のように、「時が遅かった」のだ。

この第二部は、昭和二十一年二月末、病状が悪化して執筆ができなくなるまで書き続けられた。第一部が完成したのが一月二十九日だから、たった一ヶ月の間に第二部三幕六場を書ききったことになる。冬彦のこれを書く執念が強烈に伝わってくる。

執筆が中断されてからも、母ていの必死の看病に、「治ったら、治ったら」といい続け、生きて完成することを最後まで望んでいたが、五月になって病状は悪化の一途をたどり絶対安静となり、体は日々痩せ細った。彼の胸の中に、潮が満ちてくるように死が充満していった。五月三十一日病状急変し、午後二時十九分に永眠した。満二十年五ヶ月の短い生涯であった。臨終の際、一条の涙が彼の横顔を走ったと、兄哲哉は回想している。

裕彦さんの死後、昭和二十年四月二十日の感想と添え書きされた詩稿が見つかった。まだ終戦の前、それも琵琶湖の特攻隊予備軍に入る前、東京で特攻に入ることを夢見ていたころの詩である。意外なことに、この詩には戦争賛美の口調は姿を消し、むしろ激化する戦争を厭《いと》い、滅び行く世界の運命を悲しむ口調が流れている。

発見

雨が降り
風が吹く
私はそんな生活に
何を見出《みいだ》してきたか

陽は再び雨雲を破ることはないだらう
野に生ふ草は昔の夢を語りはしまい
地球は冷たく
火は消え凍つてしまつたから

私はただ
自分の命が
身体ごと
大地の冷たさに抱かれるのを静かに待たう

亜熱を病む
無残な私の目だけが
一切の滅びた後も
虚妄の大気を裂いて何物かを求めるだらう
陰鬱《いんうつ》な天気に
桜の花も散ってしまった

それは相応《ふさは》しいことだ
滅び行く種族の最後の日に

と、彼の心境を現している。
このころ、聡明《そうめい》な裕彦さんは戦争の矛盾を発見し、敗戦を予見していた。その上で自らの運命に殉じようとしていたのではないだろうか。これを読んで私は裕彦さんの青春が戦争賛美一辺倒でなく、距離を置いて世界を透視していたのを知って、なんだか救われたような気がした。

裕彦さんが死んでから、栃木のてい伯母さんは八十六歳まで生きた。裕彦さんのことは一切話をしなかった。私が、医学部を卒業して見舞いに行ったのは、彼女が認知症になり徘徊《はいかい》するようになり、私の従兄《いと》弟《こ》が経営している病院に入院していたときだった。ベッドに細い腕が包帯で括《くく》り付けられ、身体拘束が行われていた。付き添いの家人が言った。

「おばあさん、千葉から富雄さんが来てくれたよ。でも分かりっこないわね。もう何もかも忘れて、分からなくなったんだから」

するとベッドの小さい影がもぞもぞと動いて声が聞こえた。

「分かるよ、声でわかるよ。富ちゃんだろ、裕彦の仲良しだった」

と緑内障で見えなくなった目で私を探した。私は縛られた手を握って顔を押し当てた。

「富ちゃん、富ちゃんだね」

それが最後の対面だった。それから旬日を経ずして、栃木の伯母さんは八十六歳の薄倖《はっこう》な生涯を閉じた。

叶屋の土蔵の、暗い勉強部屋は裕彦さんが使っていたままに残されていた。裕彦さんが亡くなってから、彼の机の引き出しの奥から、とうとう読まれなかった冒頭の遺書が発見された。

五　ニコデモの新生

一

夢の中で、岡林先生は明らかにあわてていた。ホテルの長いトンネルのような廊下の鉤《かぎ》の手《て》の角を曲がって、急ぎ足でこちらへやってきた。いつもどおりきちんとした三つ揃《ぞろ》いの背広、アイロンのきいたワイシャツを着、長身の背を丸めて、せかせかと急ぎ足で自室の鍵《かぎ》を開けた。

部屋には、右手にガラス戸の大きな書棚があって、そこにはぎっしりと革表紙の本が並んでいた。何かを探しているようだったが見つからない。いらいらしているのがわかる。

いや待てよ、ホテルと思ったのは、先生が教鞭《きょうべん》をとっておられた千葉大学の基礎医学の建物のなか、ホルマリンの臭《にお》いが浸《し》み込んだ病理学教室の汚らしい一角だった。部屋は、岡林教授室であった事に目が覚めてから気づいた。

岡林先生は必死で何かを探していた。なかなか見つからない。あわてて何かをひっくり返した。時計を見た。もう間に合わない。先生は明らかに動揺し、当惑した様子で立ち去った。

私は先生に後ろから、

「何かお手伝いしましょうか」

と声をかけようとしたが、先生は切羽詰っているようで、後ろなど振り向かない。あきらめたようにそこらにあった二、三冊の本を風呂《ふろ》敷《しき》に包んで出て行ってしまった。

そこで夢はプツンと切れてしまった。何か気がかりで胸にこたえた。何を探していたのであろうか。

私の夢というのは、たったそれだけの話である。先生が逝去された後に、そんな夢を繰り返し見た。目が覚めてから先生が何を探しておられたか、気になって仕方がなかった。でもとうとう分からなかった。それが先生が亡《な》くなってしばらく後、おぼろげにわかったような気がしている。そんなことを書こうと思うが、そのためには長い前置きがいる。

岡林篤先生は、私が千葉大医学部の専門課程に進学した昭和三十年に、大阪市立大学から千葉大の第二病理学の教授として赴任された。まだ五十代の気鋭の教授だった。かなりの変人だと言う評判だったが、長身のすらりとした姿で、当時はドイツ語読みで教えていた病気の名前を英語読みにしていたので、ちょっとハイカラな感じがしていた。古典的な人体病理学ではなく、アレルギーの実験病理学で何か業績をあげた人というふれこみだった。

頑固そうで、映画俳優の笠智衆《りゅうちしゅう》のような風貌《ふうぼう》だった。高知県生まれだそうで、いかにも土佐の「いごっそう」という感じがした。

講義は難解を極め、病気の原因や病態をことさら持って回って、理論的というより哲学的に説明するので、学生には一向に人気がなかった。もう一人の第一病理の教授は明快に教科書どおりの内容を単刀直入に教えたので、学生はそちらの講義に殺到し、岡林先生の講義には、出席者はいつもまばらだった。先生はそんなことは一向にお構いなしに、分かりにくい理論を、授業時間を超過しても長々としゃべり続けた。

教科書に書いてあることまで懐疑的に話す。学生はなんだか分からなくなってしまうのである。要するに、オーソドックスな病理解剖学ではなかったのだ。

それに第一病理の教授の試験は難しい口頭試問で、落とされて進級できないものが続出したが、岡林教授は落第させることはなかった。せいぜい皮肉を言って、何とか救ってくれた。

講義に出なくても、何とか進級できるので、出席者はくそまじめな学生か、私のような一風変わったやつだけだった。私が出席したのも、病理解剖学を習いたかったからでなく、先生の哲学的な言葉をちりばめた難解な講義に、一種の魅力を感じていたからだった。

よくわからぬままに、私たちは基礎医学の課程を終え、内科、外科、産婦人科など臨床の勉強と実習に忙殺された。もう岡林先生に教えられた病理学総論の内容など思い出すことさえなかった。先生の講義を思い出したのは、来年は卒業して、いよいよ医者になるという夏休みのことだった。

医学部を卒業したら、私のやることは決まっていた。一年間のインターンの後、内科の教室でしばらく修練して、郷里の茨城県の田舎町に帰って、何代も続いた医者の家を継いで町医者になること。これが私に用意されていた運命だった。それも悪くないと思って、まず内科に籍を置く決心をした。迷いなどなかった。

しかし考えてみれば、すぐに田舎の開業医になるというのは、退屈千万であった。もう少し遊んでおきたかった。今のうちにほかの勉強もしておくことは、後できっと役に立つ。若さというものは、何か自分を不確実な執行猶予《ゆうよ》状態にしていたいと思うものである。

医学部専門課程の四年生の夏休みのことだった。卒業後実際何をしようかが目前に迫っていた。何か途方もないことはないかと思って、思い巡らしてみたら、一冊の本のことが思い浮かんだ。内科の医局で偶然見かけた「免疫とアレルギー」という一冊の藁紙《わらがみ》に印刷された薄いハードカバーの本であった。著者は、二年生まで病理学の講義を聞いた、あの変人の岡林篤教授である。

「へえ、あの先生がこんな本を書いていたんだ」

と、早速借りて読んでみることにした。

ぱらぱらとめくって見て驚いた。皆目分からないのである。アレルギーには興味があったからいっぱしの知識はあった。しかしこの本には、アレルギーの代表である気管支喘息《ぜんそく》も蕁麻疹《じんましん》も、一言も書いてなかった。臓器の反応を、α型、β型、γ型に分け、免疫の関係する全身の病気を、三つの型の臓器の反応の総和とする数式で表すという通常の医学とは異なったアイデアが書かれてあった。普通のアレルギーの医学書には書いてないことばかり延々と書き連ねてあった。私は、

「なんじゃ、これは。これが病理学の本か。実験病理といったが、何か哲学の本みたい」

と驚いたものの一方では、

「へえ、あの先生がこんな本を書いていたのか。ひょっとしたら面白いんじゃないか」

と、この本をきちんと精読してみることにした。

私の精読法というのはこうだった。分からないところはノートに書き写す。写してみれば大概のことはわかった。私は一ページ目から写し始めた。なかなかわからないから、いつの間にかその本全部を書き写してしまった。

私はひと夏かかって、その本を大学ノート一冊に書き写したのだ。

写し終わってまたびっくりした。部分的にはわかったような気がしていたが、読み終わって考えると何一つわかってはいなかった。今までこんなに難解な本に出会ったことはなかった。ちりばめられた美しい術語に惑わされて、意味まで読み解けなかったのだ。そのくらいこの日本語は美しく、含意が豊富であった。こんな経験は「正法眼蔵随聞《しょうぼうげんぞうずいもん》記《き》」の何ページかをわからぬままに書き写したとき以来であった。「恐れ入りました。こんな難しい本を書くとは、あの先生はよほど偉い人に相違ない。病理解剖だったらいやだけれど、実験病理ならやってもいい」

私は即時にこの人の門をたたく決心をした。

そうこうするうちに大学院の試験になった。私は不合格になっても、行き場所に困らないように、内科の医局にも籍を置いて、試験に臨んだ。病理なんかちょっとの間やってみるだけだ。あわよくそこで学位が取れたら、田舎で開業するにも都合がいい。

いよいよ大学院の入学試験になった。形式どおりの筆記試験の後、教授の面接試験があった。岡林先生は、いつもの三つ揃いに威儀を正して、暗い教授室で待っていた。一緒に試験を受けた病理学志望の人は、四十分も絞られたようで真っ赤に上気した顔で出てきた。顕微鏡で何かの組織を見せられて、所見を細かく訊《き》かれたらしい。

私の番になって、おずおずと教授室に入ってゆくと、椅子《いす》を勧められ、頭のてっぺんから足の先までじっと眺めて、どうしてこの病理学教室を選んだか、と訊かれた。私は、びくびくしながら、将来は内科医になるのだが、先生のあの本を読んで、少し動物実験をかじってみたいと思ったからと正直に告白した。先生は嬉《うれ》しそうに、しかし笠智衆みたいな謹厳な表情を変えることなく、

「ほほう。あんな本を読んだか。で、何が書いてあった？」

と訊《たず》ねた。

「分かりませんでした。本を読んでも全然分からないから、試験を受けて見たんです」

「そうだろうな。僕は、戦争でフィリッピンに行って、戦地で二年間ずっと考え続けたことを書いたんだ。栄養失調になって復員してから、ひと夏かかってあれを書き上げたんだから、そうやすやすとわかって

もらっては困る。お寺に籠《こも》って正座して書いたから、着物のお尻《しり》のところに、かかとで穴が開いてしまった」

と、懐《なつ》かしそうに言った。そして私の志望などを書いた願書をめくって、

「ふむ。内科の医者になるのか。初めから病理学を専攻する気はないんだな。それなら気が楽だ。じゃあ、来週から来給《きたま》え」

「もういいのですか」

と私は拍子抜けして尋ねた。

「いい。毎日病理解剖があるから、それを手伝いなさい。はい、次の人」

と、部屋を追い出されてしまった。

何も学問的なことは訊かれず、試験を受けた臨床志望のもの全員が合格してしまった。各自異なったバックグラウンドを持つ新入生数人が、通称「たこ部屋」と呼ばれた広い部屋に、小さな机を一つずつもらった。

「たこ部屋」に収容された大学院生は毎日大学病院で亡くなった方のご遺体が来ると、解剖の手伝いに狩り出された。肉体労働だから二体も解剖するとくたびれてしまう。臓器はホルマリン漬けにし、一部は顕微鏡標本のために切り出す。その作業の繰り返しだった。実験がしたかった私には、退屈千万な毎日だった。

岡林先生は毎日決まった時間に教室に現れ、講義がない日は、修道僧のように終日教授室の顕微鏡をのぞいては写真を撮っていた。私たちと顔を合わせても、めんどくさそうに、足早に自室に向かった。何の実験をしているのか皆目分からなかった。

早くも一ヶ月あまりで造反者が出た。外科の教室から派遣された、同級生では一番出来たやつが、何も教えてくれないことにがっかりして、こんな病理は辞めたいと申し出た。教室員が少ない第二病理で、メンバーを失うことは痛手だったが、先生は、

「そうか。よく早めに気がついた。去るものは追わず、来るものは拒まずだ。外科でがんばり給え」

と、さばさばとした顔で言われたという。

病理解剖も、先生のやり方は変っていた。たとえば脳腫瘍《のうしゆよう》の遺体解剖でも、脳の病変をいくら詳細に記載しても、先生は満足しなかった。

関係ないと思われる全身のリンパ節、脾臓《ひぞう》や骨髄、胸腺《きょうせん》まで詳細に調べさせられた。

「病変局所に目を奪われるな。背後にある全身の変化のほうが大切だ」

というのが口癖だった。全身の変化と先生が言ったのは、免疫系のことだった。

しかしそんなことをやっていたら、時間がいくらあっても足りなくなる。みな適当にサボって、先生をどうごまかすかに知恵を絞った。

こうして先生は、病気が臓器の問題ではなくて、全身の問題、つまり部分のものではなく、全体のものとして見ることの大切さを教えてくれたのであった。

私が病理学教室に入って間もない夏の日、岡林先生は、「多田君ちょっときなさい。今日は実験を教えてやる。焜炉《こんろ》に火をおこして、持ってきなさい」

私はわけも分からずに、言われたとおり焜炉に火をおこして先生の後についていった。

先生は何も言わずに、すたすたと実験用の兎《うさぎ》小屋に急いだ。餌《えさ》にしていた豆腐のおからのすえた匂《にお》いが、兎の尿とともに鼻についた。

先生は火箸《ひばし》を焜炉の火に突っ込んで、先端が赤くなるまで焼いた。

それからおもむろに兎を一羽つかみ上げ、私に頭を押さえつけるように命じた。

「暴れないように押さえるんだ。ほら、目頭から鼻にかけて二本の筋があるだろう。触れて見給え」

と、私に指で兎の鼻を触れさせた。なるほど骨が膨らんで、稜線《りょうせん》のようなものがあるのがわかった。

「その真ん中あたりだよ」

といいながら、やおら焼け火箸をそこに突きさした。毛の焦《こ》げるにおいがして、兎は激しく暴れた。

「しっかり押さえつけて。ほら、もう終わったよ」

と先生は兎に優しく語り掛けるように言った。

「君もやってみなさい。全部で二十羽だ」

私は、先生に兎を押さえつけてもらって、二十羽の兎の鼻に穴を開けて、次の指示を待った。

次は兎の耳に、番号を入れ墨してゆく。縫い針を束ねたものに墨汁を浸し、耳の表面を突き刺し、コード番号を彫りこむ。それもあっという間に済んでしまった。兎を箱に戻して次の指示を待った。

先生はそれが終わると、

「終わったか。ご苦労。今日はこれで終わり。片付けて帰りなさい」

と、すたすたと兎小屋を後にした。

「何だ。これで実験か」

私は割り切れない思いを禁じえなかった。実験病理と聞かされていたので、もっと複雑な手技を教えるのかと思っていったのに、拍子抜けしてしまった。

「変わってると聞いていたが、なるほど常人ではないな」

そして翌日大学へ行くと、岡林先生は卵を五、六個持って待ち構えていた。家から風呂敷に包んで持ってきたらしい。私が着くと、まず卵を割って、白身と黄身を不器用そうな手つきで分け、白身だけを大きな注射器につめ、兎小屋に急いだ。

岡林先生は、昨日の兎の鼻に開けた穴に、卵の白身を1ccずつ注入していった。嫌がる兎を押さえつけていた私に、

「君やれ」

と命じて、この実験を何のためにやっているかを話してくれた。鼻に穴を開けたのは、副鼻腔《ふくびくう》に卵白を毎日注射するため。

「こうして異物の蛋白《たんぱく》を注入し続ければ、卵白に対する抗体が出来て、

慢性のアレルギー性副鼻腔炎、つまり蓄膿症《ちくのうしょう》が起こる。異物である卵白に対して免疫反応が起こるからだ。それが続けば何になると思う」

先生は私をテストしているらしい。

「はい、慢性の炎症が起きます」

「それから？」

「その後は分かりません」

「よろしい。なにが起こるか分からない。鬼が出るか、蛇が出るか」

と先生は歌うようにつぶやいた。

「それが君、科学だよ。分からないことをやるのが科学。分かっていることをやるのは学校の先生。君はどっちだ」

「でも実験には何か仮説があるでしょう。ただ闇雲《やみくも》では、何も分からない」

と反撃すると、

「そうか。そうきたか。仮説はある。免疫反応が長く続くと免疫細胞は働き続け、疲労するはずだ。免疫とは『自己』と『非自己』を区別する反応だろう。免疫細胞系が疲労すれば自己と非自己の区別が分からなくなる。その結果自己免疫疾患のような、厄介な免疫病が起こるんだよ。だから執拗《しつよう》に免疫するために、この『遷延《せんえん》感作』の実験を考えた。

感作というのは、アレルギー反応の準備状態を作ることを言う。遷延とは長く続くこと。これまでのアレルギーは、短期間の免疫による反応、つまり平時の体の反応だ。君がこれからやる遷延感作の実験は、平時の反応をみるのとは違う。執拗な免疫刺激を持続的に行なった場合には、『危機』の免疫反応が起こるはずだ。われわれの目指しているのは極限の病理学である。これが僕の仮説だ。どうだ、手伝ってくれんかね」

と、突然能弁になってのたまわれた。

免疫細胞が疲れるとか、危機の病理とか遷延感作とか、なんだか胡散臭《うさんくさ》いとは思ったが、私はついずるずると先生の新しい実験に携わることに賛同した。こうして、私はこの風変わりな実験に巻き込まれたのだった。先生は満足して、それ以上は何も言わなかった。

その後先生は、いつ教授室にいっても、顕微鏡をじっと覗《のぞ》いているばかりだった。そして組織の写真を撮っては、それを眺めて、思いにふけっていた。実験の指示はなかった。

私はわけもわからず兎の鼻に卵白を注射して、あとは暇だから半分昼寝して、小説を読んで時間をつぶした。兎には何事も起こらなかった。先輩は、

「とうとう岡林教授のなんだか分からない実験に一人引っかかった」

と、ひそかに嘲笑《ちようしよう》していたらしい。

兎の鼻に卵白を毎日注射している生活にも飽きてきて、先生に何も起こりませんと報告したら、

「ほう。まだ何も起こらんか。もう少し待ちなさい。今反応は進行中なんだ。まだ危機にはいたっていない。注射を続けなさい」

と、自信たっぷりに言って平然としていた。先生の頭の中では、兎

の体で何が起こっているかお見通しのようだった。

それからまた、退屈な何ヶ月かが経過した。私は相変わらず兎の鼻に卵白を注射して怠惰な日を送った。あんまり何も起こらないので、先生に少し勉強したいから、文献を教えてくださいと恐る恐る訊ねると、

「なに、文献だって？　新しいことは文献には書いてない。君は文献なんか読んで、何かわかったような気がしたいらしいが、そんなものは百害あって一利なしだ。

文献を読んで提灯《ちょうちん》を点《つ》けると、足元が気になって一歩も進めなくなる。危機の病理をやろうとするものが提灯点ければ、断崖《だんがい》絶壁で足がすくんだらどうする。いいか。何かを発見しようとするなら、文献な

んか読むな。そんなものにはなにも書いてない。自分の目で見たことだけを信じろ。わしの言うことを、ゆめゆめ疑うことなかれ」

と、おかんむりだった。私は恐れをなして、文献など読まずに、以後時間が余ったら、昼寝をしてすごすことにした。

また何ヶ月もたった。もう先生に教えられて風変わりな実験を始めてから一年以上たった。私は先生に言われたとおり、毎日兎の鼻に卵白を注射し続けて、あとは暇だから半分昼寝して暮らした。

ある朝、兎小屋を見回っていたら、一匹の兎の様子がおかしい。呼吸困難のようだ。私は、しばらく使っていなかった聴診器を取り出し兎の胸に当ててた。呼吸音にも異常が見られ、心音も不整だった。私はほかの兎とも聞き比べ、この兎が病気になっていることを確信した。

「兎さんのお医者ごっこ」

と同僚に笑われたが、私は真剣だった。早速岡林教授にこれを告げると、

「いよいよ起こったか」

と、まるで予見していたように言って、すぐ兎小屋に往診してくれた。それから小一時間教授診察が続いた。先生はしかつめらしい顔をして、あまり基礎医学では使うことのない、私の聴診器を兎の胸に当てた。

「血液をできるだけたくさん取って冷凍しなさい」

「はい、死んだら解剖ですね」

「大事な症例だから、君には任せておけん。先輩のK先生に任せなさ

い。それより君は血清の検査だ」

たかが兎一匹なのに、第二病理学教室全体に号令がかかった。実験などに興味を持っていない、電子顕微鏡をやっていた先輩も呼び出された。死んだ兎の解剖は、私より一年先輩のK先生が担当し、教授もそれを見守った。まことに物ものしい雰囲気だった。

果たせるかな、その兎、忘れもしないS436と言うコード番号の兎は、膠原《こうげん》病のSLEの典型的病態を示していた。SLEとは、全身性紅斑性狼瘡《こうはんせいろうそう》という難病中の難病、免疫系が自分のDNAに対して抗体を作って攻撃する自己免疫疾患の典型だった。実験は岡林先生の予言どおりの成功に帰したのであった。先生は大威張りで、

「どうじゃ。わしの言ったことは正しかったろう。ゆめゆめ疑う事な

かれじゃ」

とご満悦だった。一番の功労者の私には、

「やっぱり臨床にいくというものは、ほかの事を考えないからいい。なまじっか基礎医学者になりたいなどという人は、自分のことを考えて、こんな無謀な実験に没入することができない。知恵がないからできたんだ」

と褒めたような貶《けな》したような評価を下した。

組織の検査が進んで、兎はSLEの病変を示していることがわかった。その特徴ある抗体、抗DNA抗体も検出された。世界で初めて、実験的にこの病気を再現することに成功したのであった。

私たちは実験が成功したというので、毎日祝杯を挙げ、実験用兎を追加して、毎日兎の鼻に注射を続けた。岡林先生はS436の解剖体からとった組織を、なめるように検査し、顕微鏡の写真を撮り続けた。

しかし喜びはつかの間で、それが失望に変わる日がやってきた。待てど暮らせど、次の成功例が現れないのだった。私はS436の血清を、つたない手技でくなまく調べ終わって、退屈していた。追加した兎はみな老化して死んでしまう。その解剖をして、専門の病理学者は、何人か学位を取ったが、私は何も得るところはなかった。

私が思い余って、先生のところにあの実験に再現性がないと告げると、

「自分の目で見たというのに、君はまだそんなことも分からないのか。100パーセントの兎にそんな難病が起これば絵空事ではないか。個

体差があってなかなか起こらないからこそ真実なのだ。人間でも膠原病になるのは百万人に数十人だろう。それと同じだ」

と嘯《うそぶ》いていた。

「ところで君は、聖書を読んだことはあるか」

「いいえ。ありません」

「わしもクリスチャンではないが、時々目を通す。この間面白い話を読んだ。ニコデモのキリストとの問答だ。信じること、疑いを持たないことに関することが書いてあった。いつか読んで見たまえ。ヨハネ福音書の三章だ」

と言い残して、すたすたと去っていった。私はまたはぐらかされたと思って、失望してしまった。

早速ヨハネ伝の第三章を読むと、イエス・キリストがパリサイ人のニコデモに向かって、

「肉から生まれたものは肉である。霊から生まれたものは霊である」

という言葉が飛び込んできた。さらに続けて、

「風は思いのままに吹く。あなたはその音を聞いても、それがどこから来て、どこへ行くかを知らない。霊から生まれた者も皆そのとおりである」

と説教する。ニコデモが疑いを抱くのに対して、

「あなたはイスラエルの教師でありながら、これくらいのことがわからないのか。よくよく言っておく。わたしたちは自分の知っていることを語り、また自分の見たことをあかししているのに、あなたがたは

わたしたちのあかしを受け入れない。

わたしが地上のことを語っているのに、あなたがたが信じないならば、天上のことを語った場合、どうしてそれを信じるだろうか」

と諭す場面が記されている。

先生がどうしてこれを言ったのか、そのときには私は分からなかった。後にこれが私に対する重大な教えであったことに気づいた。そのときは、「肉は肉より出《い》で、霊は霊より生まれる」というのを、なんと感動的言葉かと思っただけだが、先生の真意は別なところにあった。それに気づいたのは、先生がお亡《な》くなりになってからのことであった。

ともあれ謎《なぞ》の言葉を残したまま、遷延感作の実験は続けられた。結果ははかばかしいものではなかったが、先のS436ほどではないにせよ少数例に自己免疫らしい病変が現れた。私はその間に、免疫方法に改良を加え、血清の抗体の質を詳細に調べる仕事に没頭した。

さらに国内留学で、後にアレルギーの原因となる抗体、IgEを発見した石坂公成博士のいる国立予防衛生研究所に行って、正式に免疫学を習い、それを遷延感作に応用して先生の実験に理論的、血清学的な根拠を加えた。こうしてずるずると免疫学に取り込まれていったのだ。とうとう私は、岡林先生の毒に当てられ、ミイラ取りがミイラになっていった。

岡林先生も、徐々に私を大事にして下さって、学会にも推薦して講演の機会を与えて下さった。私の免疫科学的研究は、目新しい方法だったこともあって、なかなかの評判になった。

一方遷延感作の実験は、国内外で徐々に認められていったが、その評価に関しては、毀誉《きよ》相半ばしていた。ある人は世紀の大発見だといい、他の人は再現性のない偶然の産物だといった。しかし岡林先生は、人が何といおうと、平然として背筋をしゃきっとしておられた。

二

岡林先生は、若いころのことは自らしゃべることはなかった。私が知っている限りでは、先生は明治四十三年に高知県高岡郡北原村のあまり裕福でない家に生まれた。子供のころは、郷里を流れている「鏡川」で、有名な漫画家横山隆一、泰三兄弟と水泳をして遊んだという。

「そのころからわしは『フクちゃん』の世界を知ってるんだ」

と自慢した。旧制高知高校の三年間は、インターハイの競泳の選手だったという。

そのせいか千葉大で教鞭《きょうべん》をとっていたころも、当時千葉市の町外れに位置した千葉港の一画にあった小さな海水浴場に、私たち大学院生を連れて泳ぎに行った。先生は悠々と抜き手をきって一泳ぎすると、葭《よしず》ばりの海の家で、車座になって実験の話をした。それが終わると、私たちは焼き蛤《はまぐり》の熱々を、ふうふう吹きながら頬張ったのを懐《なつ》かしく思い出す。それが唯一《ゆいいつ》の先生と遊んだ思い出である。

先生は、旧制高知高校から東京帝国大学医学部に入学した秀才である。医学部医学科を昭和十年に卒業し、昭和十六年に応召してフィリッピンに従軍するまでは、東大病理学教室で、あまり厚遇されていいなかった鈴木遂教授に師事した。派手な業績は残さなかった鈴木教授の学風から、大きな影響を受けたことは、先生が時々懐かしそうに語っていたことからも知られた。いずれにしても高知の田舎から出てきた秀才の青年が、帝大を卒業し、病理学教室で研鑽《けんさん》を積んで、医学博士の称号を授与されたということである。

当時京都帝国大学医学部の第三代の婦人科学産科学教室の教授で、子宮癌《がん》の外科的治療の術式を考案して医学史にも名を残した、岡林秀一教授の目に留まり、長女美彌子さんの夫として、岡林姓を名乗るようになった経緯も、私たちは知らない。何か合理的な理由があったに違いない。いわゆる逆「玉の輿《こし》」だが、先生はそんなことには無関心だった。しかし代々熱心なクリスチャンだった岡林家の令嬢であったご夫人には、いつも遠慮勝ちで親切にしておられた。

千葉大に赴任してから、兎の鼻に穴を開け、卵の白身を注射していたころ、実験のあとには卵の黄身だけが大量に残った。岡林先生は、それを捨てるのはもったいないから、集めて持ってくれば、奥様に頼んでクッキーを焼いてくださるというので、何十個分か集めて持っていった。奥様はそれで香りのよいクッキーを焼いてくださった。

ところが後でわかったことだが、クッキーを作るには卵の黄身だけでは焼けない。奥様は、結局必要な分卵を買って、白身を加えて焼かなければならなかった。先生も私もそうとは知らず、せっせと大量の黄身だけを運んで、奥様を当惑させていたのだ。

私が聞いた先生の唯一の戦争の記憶がある。戦時中先生は、「軍国アララギ」に投句されており、フィリッピンに従軍されたころも、行軍の合間に俳句を吟じていたそうだ。上五は忘れてしまったが、夕暮れ戦火の収まった「銃架の村を過ぎ行けり」という句を、懐かしそうに口にされたのを覚えている。初めて象牙《ぞうげ》の塔を出た若い軍医士官の句に、南の島の戦時下の村での緊迫した体験が、みずみずしい感性で記録されているのを感心して聞いた。

軍医中尉であった先生の、士官付きの一等兵に前田広之進という若者がいた。ある日先生は、

「竹の皮　がさりと落ちて　四方閑《よもしず》か」

という句を詠《よ》んだが、

「その下五は、『煙草吸《たばこ》う』のほうがいいのではないでしょうか」

と、前田一等兵に指摘され、

「詠んでみたらその方がずっといい。『竹の皮　がさりと落ちて　煙草吸う』、どうかね」

と懐かしそうに私に訊《き》いた。

前田広之進とはそれから肝胆相照らす戦友となった。先生の叙勲のお祝いに、奈良の山奥にご存命と聞いていた前田氏を探して、出席してもらいましょうかと尋ねたが、先生はしばし考えた後、

「いやいや、もう昔のことだから、いらんことだよ」

と遠慮されたのでそのままになった。

フィリッピンでは、前線に出ることなく、マラリアや赤痢で亡くな

られた兵士の遺体を解剖して、熱帯病の予防、治癒過程の研究を続けた。食べるものにも事欠く中で、蠅《はえ》と腐臭と戦いながら黙々と解剖し、前田一等兵と一緒に顕微鏡標本を作った。時間さえあれば顕微鏡を覗《のぞ》いていた。前田一等兵は、現地人の村へ食料を調達しに行った。そんな戦時下での、一風変わった軍医士官と兵卒の共同生活の情景が目に浮かぶ。

この俳句の話は、次のような機会に先生から聞いたものである。確か血液学会で京都に行ったときの事である。学会の合間に、先生は私に大原まで行ってみないかと誘った。秋の晴れた日だった。私たちはバスを降りて寂光院まで歩くことにした。

途中の茶店で柿を買い、二人でかじりながら歩いた。そのとき遠く

で鐘の音が聞こえた。先生は、

「柿食えば　鐘が鳴るなりか……。あれはどこの寺の鐘かね？」

と訊かれた。

「このあたりでは滝口寺でしょうか」

「まあ、あまり詮索《せんさく》せんでよろしい」

私たちは舗装されてない夕暮れの道を黙って歩いた。

そのとき、黒塗りのハイヤーがもうもうと砂埃《すなぼこり》を上げて通り過ぎたと思うと、急停車して私たちが追いつくのを待った。ドアが開いて、黒ずくめの服を着た一人の上品な小柄な紳士が手を振っている。

岡林先生は、駆け寄って慇懃《いんぎん》に挨拶《あいさつ》をした。その紳士は、当時血液学の権威として誰知らぬ人もなかった京大ウィルス研究所の所長、天

野重安教授だった。同乗者は、当時目覚しい業績を上げていた群馬大学の細菌学者のM教授であった。天野教授は、

「寂光院なら、僕らも今行くところだ。よかったら君も乗っていかんか。話したいこともある」

と、誘った。岡林先生は、

「いえ、私たちは歩いてゆきます」

と一言のもとに固辞して、何度も頭を下げた。

車が再び砂埃を上げて立ち去ったのを見送ると、

「あれはね、秘密人事の相談だよ。Mさんを京大に引っ張りたがっているんだ。首を突っ込んだら危ない。桑原桑原」

といって舞い戻った。先生がそういう大学の人事や学会の政治とは、

無関係の世界に生きていることがよく分かった。

先生は、また帰りにあの人たちと出会うとまずいといって、右手の桐林の中に入って車をやり過ごすことにした。あまり神経質なのに私は驚いた。

林の中は静かだった。しばらく桐の木がまばらに生えた林を無言で歩いていたが、桐の葉ががさりと落ちる音に、ふと立ち止まって先生は、あの前田広之進一等兵の話、そして、

「竹の皮　がさりと落ちて　四方閑か」

の句の話をされたのであった。

前田一等兵とともに、栄養失調の軍医中尉はフィリッピンの戦地を転々としながら、伝染病で亡くなった遺体を寸暇を惜しんで解剖し、

同じ病原体に対する病態反応の多様な変化を考え続けた。そうして最終的に次のような結論に達したらしい。

アレルギー性の病変は、元をたどれば免疫反応が正常に起こって生じたものと、過剰な反応のため異常な臓器の反応の様相を示すもの、反応力が疲廃した結果、逸脱した病変として現れるものの三つの型に分類されるという結論に達した。これが先生の処女出版、「免疫とアレルギー」に記載されたα、β、γ型の病変であった。簡単に言えばそういうことだった。

それが臓器の特性に応じて、さまざまな表現をとる。先生はフィリッピンの戦地を転々としながら、多数の死体を詳細に観察して、誰の指導もなしに、またどんな文献も読まずに、己の思索を極限まで深めることによって、この結論に達したのであった。その結果を記載するために、復員後ひと夏お寺に籠《こも》って、あの「免疫とアレルギー」という本を書き上げたのであった。

「そうやすやすとわかってもらっては困る」

といわれたのは、そんな長い思索の末の労作だったからである。

そうすると、多様な病気は、背景の「免疫」という広い宇宙に散在する無数の星座のように、互いの関係が見えてくる。病気の「星座観」である。曼荼羅《まんだら》にもたとえられる、先生の広大な疾病《しっぺい》観である。

または、目に見える個々の病気は、系統的免疫反応という巨大な氷山の一角であって、見えない全体でつながっている。病気の「氷山観」である。その思想が、当時の鑑別診断に基礎をおいた、人体病理学の疾患概念を大きく越えたものであったことに、改めて畏怖《いふ》すら感じるのである。

先生が病理解剖の指導で、

「病変の局所だけ見るな。背後にある全体を見よ」

と口癖のようにおっしゃったのは、このような曼荼羅的疾病観によるものであった。

そこでは、免疫反応が正常に起こっているものも命を落とした。免疫で病気は治っても、亡くなった例である。だから、

「死はアクシデントである」

ともいった。病気は、正常な免疫反応が起こって治っているのに彼

は死んだ。死は病気の帰結とは限らない。治っても死ぬ場合があるし治らなくても生きている場合がある。これが先生の死生観であった。

その思索を実験的に証明しようとしたのが、千葉大学で行った「遷《せん》延《えん》感作」の実験だったのである。長期の執拗《しつよう》な免疫を繰り返すことによって、アレルギー炎症は極限状態に追い込まれ、膠原《こうげん》病のような逸脱した反応として現れる。それを目撃するために、兎の鼻に穴を開けて、卵白を注入し続けるという、風変わりな実験を思いついたのだ。病気のこの星座を一望のうちに収める実験だったのだということが、やっとそのころになって分かった。

その結果、

「動物の病気の後ろを人の病気が随《つ》いてくる」

という自信に満ちた発言になってくる。先生の土佐人的気質はそこまで行くつもりだった。

それからの長い年月は、到底ここでは語り切れない。私は、先生の推薦のおかげで、外国留学の機会が与えられ、免疫学者への道を歩むことになる。私に予定されていた田舎の開業医の道は自分で閉ざした。先生は、昭和五十一年に千葉大学を定年退官し、千葉県の地方病院の病理担当の医師として、病院に時々顔を出してはいたが、普段は自宅に籠って、一見悠々自適の生活を送っていた。しかし、学問のことを忘れる日はなく、いつもあの遷延感作の実験のことを考えていたらしい。

世俗的には、紫綬褒章《しじゅほうしょう》を受章し、個性ある科学研究に与えられる藤原賞にも輝いた。学者としては成功したように見えたが、先生はそんなことは一向に喜ばなかった。先生の人生の目的がそんなところにないことは明らかであった。このころには現役時代の鋭さが解けて、太い縁の曇った眼鏡を鼻の上に乗せて、いかにも好々爺《こうこうや》という風貌《ふうぼう》になっていた。

時の流れは速い。いつの間にか私は東大の教授になり、国際免疫学会理事として忙しく世界中を飛び回っていた。先生とお会いする機会もまれになった。

私は、そのころの免疫学の中心課題となっていた、胸腺《きょうせん》の細胞に免疫反応を抑える働きがあることを発見し、免疫学界の中心にいた。それも十年もたたずに終息してしまう。学問の流行《はや》り廃《すた》りの周期はおよそ短いものであった。

先生に教えられた「遷延感作」の実験のことなどすっかり忘れていた。先生のことも、忙しさにまぎれて、思い出すことすら少なくなった。それに何千匹ものマウスを使って、統計的に結果を出す近代免疫学の実験には、遷延感作の手法は通用しなかった。でも先生の、

「僕は実験動物を、消耗品扱いにはしない」

という言葉がいつも胸に刺さっていた。

先生は東大の私の研究室に、時々お見えになり、忠告を下さった。

「何とかやっているかね。ここではやりにくいことが多いだろうが上手にやりなさい」

「本当ですね。こんなに石頭が集まっている、やりにくいところとは知りませんでした。設備だって千葉のほうがいい」

とぼやくと、

「そういうこともあるだろう。でもあたなは求めてそんなところに行ったんだから、静かに従いなさい」

また別の時には、

「今あなたは、存在していさえすればいいんだ。指導者とはそういうものだ。おとなしくして動き回るなかれ」

と、焦《あせ》って不満ばかり言う私をしかった。

先生も東大にいたころ、そんな目に遭われたようだった。先生がおられた病理学教室は同じ建物にあったが、決してそちらへは足を向けなかった。先生にも居心地はよくなかったらしい。

お会いすると、いつも最後は現役時代の実験の話に及び、

「あのS436という兎は、骨髄にもこんな所見があって、それを記載しなかったのが何よりも悔やまれる。もう一度論文を書いて見たいな」

などと、繰り返し話された。その実験はもう三十年も前のことだったのに、先生の頭にはそのころの興奮がまだ生きているらしかった。

私も問題が起こると、よく電話をかけた。別に相談がなくても、研究者としては駆け出しだった千葉大で、岡林先生の下で暮らした時代が懐《なつ》かしくて、よく長電話になった。しかししまいには、いつも話は学問のことになって、

「あの時の所見はこうだったのではないかね。今の遺伝子検査だったら見つかったかも知れないね」

などといまだに実験のことが頭を離れない様子だった。

先生もよく電話を下さったが、そのころになると、私の秘書に、

「多田さん今忙しいんだろう。忙しければ後でかけるけど……」

などといつも遠慮していたという。若いものには、決して邪魔になってはいけないというご配慮に、こちらは面食らった。話題は遠慮がちに学問の最近の動向を、あれこれと訊《き》いているのだった。

さらに時は過ぎて、平成の御世《みよ》になった。岡林先生は、京都下鴨《しもがも》の家に引っ込まれた。鴨川の岸辺に近い、先代の岡林秀一教授が建てた

瀟洒《しょうしゃ》な洋館だった。近くには湯川秀樹氏の家もあり、ちょっと歩けば下鴨神社の杜《もり》や、谷崎潤一郎の旧居もある。先生は朝夕鴨川の畔《ほとり》を散歩されて、この理想的な家に老後を暮らされていた。

このころには学会に出てこられることもなく、岡林先生の遷延感作の研究はすっかり忘れられた。弟子たちも、私を除いて訪問するものはいなかった。

「このごろはどこにも行かないで、古い顕微鏡写真ばかり眺めているんですよ」

という美彌子夫人の言葉に、私は先生を筍《たけのこ》料理の店にご招待することにした。花が散って、ちょうど筍が出始めたころだった。先生も久しぶりの外出にうきうきとしていた。

妻も同行し、有名な長岡の筍料理の老舗《しにせ》に行った。旬の味に私たちは舌鼓《したつづみ》を打ったが、お酒の回るころに先生は訝《いぶか》しげな顔をして、

「何じゃこれは。全部セルロースばかりか。たんぱく質はないんだね」

と、さも驚いたようにのたまわれた。

「ああ、驚いた。セルロースのフルコースがあるなんて」

先生にはよほど奇妙に感じられたらしかった。

のどかな鴨川の畔で、悠々自適の老後を過ごしておられると思っていたが、実際にはそうとばかりはいえない事情があったらしい。先生はしきりに私たちにはがきを下さった。多くは季節の挨拶だったが、そこには言い知れぬ孤独感が滲《にじ》んでいた。

京都に移られてから、先生のところには弟子たちは敬遠して近寄らなかった。あまり遠慮せずに、お宅に泊まりに行ったのは、おそらく私だけだったと思う。先生は喜んで、広いお宅の二階の八帖間《じょうま》に泊めてくださった。奥様にも、

「これは多田さんの部屋」

と通常云《い》っていたそうだ。冬の夜には、ふかふかとした布団に、暖かい電気毛布がかかっていた。鴨川の水音が枕辺《まくらべ》に聞こえて、寝付かれないときもあった。

「かにかくに　祇園は恋し　寝るときも　枕の下を　水の流るる」

という吉井勇の歌さながら、さらさらと流れる鴨川の水音は、昔先生と過ごした青春の日々を思い出させて、なかなか寝付かれなかった。

しかし翌朝目が覚めると、もう先生は待ち構えておられ、

「遷延感作はねえ……」

と夕べの話の続きを話し出されるのだった。

「また同じことをしゃべって、多田さんがご迷惑ですよ」

と奥様がたしなめても、何度でも同じことを繰り返していた。知人は、

「それはまだらボケになったんだ」

といったが、私には芭蕉の「この一筋につながる」とはこのことかと思えて、同じ話を何度でも繰り返し聞いた。

そのころ先生は、宗教上の悩みを持っていたらしく、

「多田君、こんな本を知っていますか。もし読んでいないなら読んで

みなさい」

と北森嘉蔵《かぞう》著の「神の痛みの神学」を貸してくださった。あまりに唐突なことだったので、真意は測りかねた。随分黄ばんでいたから、古い愛読書だったのであろう。開いてみると、あちこちに細いシャープペンシルで傍線が引かれ、細かい書き込みがしてある。学生のころ見慣れた右肩上がりの几帳面な癖字である。

読むともなしに見ていると、大方はもう忘れてしまったが、「西欧にはない神の愛の発見。日本的思索の末の、日本人の持つ感性による神の愛の発見」という書き込みがあって、「遷延感作も？」とクエスチョンマークがついていた。

先生はご自分の独自の学説を、この神学者のそれと対比して考えていたのかも知れない。もう忘れてしまったが、「腸の痛み」とか「神は腸でさえ痛む」という意味のところに、何度も傍線が引かれていたのを覚えている。先生が頭で神の愛を信じようとしていたのではなく、フィジカルに痛みを共有する神を感じていたのではないかと思われる。

それが真実であったことは、先生がある朝、ご自分から京都ルーテル教会に赴き、洗礼を受け、キリスト教に入信されたという逸話でもわかる。幼児洗礼を受けていたご夫人の、直接の薦めによるものではなかった。

先生は、その後体調を崩され、病床に就いた。慢性の心不全だった。それに伴いお宅に押しかけることは遠慮していた。平成七年の二月には京都府立医大に入院された。ちょうどこのころ、私は勤務先が変わって、新しい研究所の設立のため忙殺されていたのでお見舞いにも行けなかった。あの気丈なスポーツマンの先生のことだから、まだまだ元気でいらっしゃるだろうと思っていたが、同年の三月に逝去された。

私は外国に行って告別式に参列できなかったが、私にとって兄弟子に当たる北条憲二香川医科大学教授からの手紙で、告別式でルーテル教会の小泉牧師によって、ヨハネ福音書の第三章一～十二節が読み上げられたことを聞いた。北条先生の手紙は、さらに続けて、

「これは『ニコデモの新生問答』からの抜粋ですが、ここには隠し絵のように、先生の遷延感作実験の発展的継承への思い入れ、現代の免疫学の無理解に対する怒りと悲しみ、無念さが訴えられているように聞こえてまいり、胸を刺されるような思いがしました」

と書いてあった。

「先生はこの句を、好んで口ずさまれていましたが、特に私たちに『目撃の証人』としての使命をお与えになられたのではないかと、思います。『あなたはイスラエルの教師でありながら、こんなことも分からないのか』という言葉が、岡林先生の私たちに対する叱責《しっせき》とダブって聞こえました」

と結んであった。

私は涙を抑えながら読んだ。

「そうか、あの時先生はこんなことを伝えたかったのか。結局死ぬまで分からなかった」

慟哭《どうこく》が後に続いた。

そう思うと、最初に書いた夢にはどんな意味が隠されていたのかが気になって仕方がなかった。夢の雰囲気で先生が心残りを持っていたことは確かである。何か生前いいたいことが夢になって、繰り返し現れていたに違いない。私に思い当たることは次の事件だった。

私がまだ千葉大から、東大の教授になって移ったころ、ボツボツ英語の研究論文が出版されて有頂天になっていた私に、

「君に譲りたいものがあるが、どこにおいてあるかわからなくなった」

と山積みの蔵書の置いてある書棚を見やった。

「そうですか。楽しみにしています」

とお茶を濁したが、ある日、本郷の自宅に重そうな小包みが届いた。

先生自らあて先を書いて送ったものであることが一目見て分かった。それは寺田寅彦《とらひこ》の英語の論文集であった。岩波書店から限定版で発行された約十冊の全集である。先生が、あの長いトンネルのような廊下にあった教授室の、ガラス戸の書棚の最下段にそれを置いていたことを思い出した。私は、それをはっきりと見かけたことがあった。先生が開いた形跡はなかったが、その本を大切にしていたことは確かだった。

私たちが下手な英語の論文を書いて持っていくと、

「こんな論文は読むに耐えない。寺田寅彦の論文を読んで見給《みたま》え」

といった。

「事実を並べ立てただけで、君自信の頭で考えた跡がない。無味乾燥で誰も興味を持って読まない。科学論文だって、書いた者の個性が出るように、一言一句真剣に書かなければいけない」

さらに続けて、

「わしは、一読して感激をあたえるような論文を書かなければならないといっているんだ。論文の数を競うようなことは二流の科学者のすることだ」

ともいわれた。

私は先生の許《もと》を離れてからも、それを思い出して守ったほうだが、先生ほど切実に論文を書いたであろうか。修辞のごまかしで、読ませたのに過ぎない。思索にいたっては、体を張って突き詰めるまでいたってはいない。それに北条先生の言う「目撃の証人」としての役割は、果たしていないではないか。

私は残夢を見ているように、先生が私に何かを伝えようとして、時間のない中でその全集を探している姿を思い浮かべた。それはニコデモへのキリストの説教とダブって、私を今でも鼓舞しているように感じられる。

六　朗らかなディオニソス

一

その男は、痩《や》せた曲がった長身を橋掛かりに立たせた。脚の長い蜘《く》蛛《も》が欄干に降り立ったような錯覚を覚えた。服装は素襖袴《すおうかみしも》に、侍烏帽子《さむらいえぼし》の正装ながら、上衣《うわぎぬ》の肩を挙げているので、一見して旅の途中らしい。肩には竹に挿《はさ》んだ巻紙の文《ふみ》を担《にな》い、物狂いとなって荒れ野をさまよった姿だ。これまでの厳しい旅路を暗示するような息づかいで、体は不安定に前後に揺れていた。

男は常陸《ひたち》の国の住人、高師《たかし》の四郎という鎌倉時代の下級武士である。

彼の主人の平松某は去年の秋、病気で急逝し、ただ一人残された幼い嫡男《ちゃくなん》、春満《しゅんみつ》を彼に託し、ねんごろに養育を頼んだのであった。

忠実な御家人、高師の四郎は、主君の遺言どおり春満を守り立て、将来を楽しみに仕えてきた。もともと信心深かった春満は、父母と死に別れた後も四郎を父のように慕い、勉学を怠らずすくすくと成長していた。

その春満が、突然書置きを残して行方をくらましたのである。狼狽《ろうばい》した四郎は取るものもとりあえず、その書置きを持って、幼い主君を探す旅に出た。

文《ふみ》に書かれていた春満出奔の理由はこうである。

「幼くして父母に死に別れたわが身にとって、救いは仏道しかない。

然《しか》るに一子出家すれば七世の父母が成仏《じようぶつ》するという。生々《しようじよう》の親を助けることとこれにしかずと思い切って、今は仏道修行の道に赴くのだ。ただ、親兄弟とも頼んだ汝《なんじ》、四郎と別れることだけがつらい。三年の内には必ず行方を知らせるから、決して私を尋ねてくれるな」

と、切々と書いてある。

涙ながらにこの文を読んだ高師の四郎は、幼い主君のあとを尋ねて、唯一《ゆいいつ》の手がかりの文を担《かつ》いで男物狂いとなって諸国を行脚《あんぎや》しているのだ。

その旅は辛《つら》く苦しいものであった。飢えと疲れ、里々では狂人とあざけられ、石もて子らに追われつつ、行く先は紀の関を越えて、今は高野山の山深く、霊気が深々と感じられる霊場の一角に迷い込んだ。

そこへ高野山の僧の一行が、美しい稚児《ちご》を先頭に舞台に現れる。いずかたからとも知れずやってきた少年の、深い信仰心に動かされた僧は、すぐさま少年を弟子にし、今日もねんごろに弘法大師空海が投げた三鈷《さんこ》が梢《こずえ》にとどまったという松の大木の下に案内して、慰めようとしているのである。

そこで出会った異形の男を見咎《みとが》めた僧は、弘法大師入定の聖地に、物狂いが侵入することは禁じられていると拒否する。男は人を尋ね、身を捨て、山に入るのは当然のことと抗弁する。しかも霊地とあって霊気は辺りにみちみち、この物狂いの身にも人仏不二の心が湧《わ》いて、三世の主君にも出会う心地がする。

それからの長い高野山の縁起と描写を謡《うた》い舞い密教の神秘を語るう

ちに男は物狂いとなり、身を震わせ興奮のきわみに倒れ伏す。「あら恐れや。高野のうちにては、謡い狂わぬご制戒を、忘れて狂いたり。許させ給《たま》え御聖《ひじり》」と両手を合わせ、僧を拝もうとする。

そのとき堪えかねた稚児は、自分が四郎の捜し求めている春満であると声をかけ、主従の久々の対面となる。奇跡的に再会した四郎と春満は、弘法大師に導かれた奇跡の運命に感謝し、めでたく帰国する。

このあまり面白くもない男物狂いの能の名前は「高野物狂」、演じた役者は、橋岡久馬であった。昭和三十一年の九月だったと思う。築後間もない新宿区大曲《おおまがり》にあった旧観世会館でのことである。

大学に入ったばかりで、ようやく能の毒に浸り始めた私にとって、忘れられない観能体験であった。もちろん橋岡久馬という能楽師の名前も知らなかった。ただ偶然の出会いだった。「高野物狂」という曲も、めったに上演されないから、一度後学のために見ておこうという軽い気持ちで見に行ったのだ。

にもかかわらず、私はこの能を見て驚いてしまった。本当に感動したのだ。まずシテの若い男が、狂気となって、幼い主君を探して霊場を探し回る切羽詰った演技、さらに高野山の結界清浄の霊気に打たれ、狂い覚めて呆然《ぼうぜん》とうなだれる殊勝さ。それも身体障害者かと見まがうような痩せて不安定な体は、これまで見慣れた端正な能楽師の肉体とはあまりにかけ離れていたので、初めは「あれっ」と思った。

あるときは信仰のため狂気になって荒野に呼ばわるバプテスマのヨハネのようだったし、また醜い蜘蛛のような体を舞台にこすり付けるように慈悲を請《こ》うた姿は、ディオニソスの祭りで見かけるように衝撃的だった。それに演技のどれもがただただ真実だった。

こんな能を見たのは初めてだ。端正で、威厳のある名手の能はこれまで何度も見てきたが、構えさえどこかおかしい若い能楽師の大胆な演技に、私は啞然《あぜん》としてしまった。直立しても体は不安定に揺れていた。そんなことはちっとも気にしていないらしい。普通だったら、師匠に張り倒されるところだろう。

しかしその能に、私はぶちのめされたように感動してしまった。この日のシテは、何か只者《ただもの》ではない、ディオニソスに憑《つ》かれた男のようであった。

そもそもこの「高野物狂」という能は、世阿弥《ぜあみ》の作で、その中心部分のクセ舞だけは、世阿弥の嫡男観世十郎元雅《もとまさ》の加筆であるとされている。

「さればにや、真如平等の松風は、八葉の峰を静かに吹き渡り。法性随縁の月の影は、八つの谷に曇らずして、誠に三会の暁を待つ如《ごと》くなり」

に始まるクセ舞は、空海の入定の地にいたって、

「深々たる奥の院、深山鳥の声澄みて、飛花落葉の嵐まで、無常観念を勧むる、云々《うんぬん》」

とあくまで静寂の気を現出する。元雅得心の作詞だ。

「しかれば時移りこと去りて」

と、男は立ち上がって舞を舞ったあと、

「三鈷の松蔭に、立ち寄る春の風狂じたる、物狂ひ、物狂ひ、あら恐れや」

と狂気になる。つまり静寂と霊気で満たされた舞台が、男がくるりと回って、「男物狂い」の世界になるのだ。その対比がすばらしかった。

あらすじはそれ以上でも以下のものでもない。直面《ひためん》（面をつけない）の「男物狂い」の能で、決して人気曲ではない。ところが私は一遍で参ってしまったのだ。夜目が覚めると眼前に長身のあの男の舞台姿が浮かんだ。元雅力作のクセ舞の謡《うたい》が耳に残って離れなかった。私は能の毒にどっぷりと浸っていたのだ。

私はたまらずに手紙を書いた。その日の感想他どんなところがよかったか。私が驚いたことなど、詳細にしたためた。こんなことは初めてだった。大学の医学部に進学していた私は、ファンレターなど書いたことはなかった。

しばらくして一通の分厚い封書が来た。中は巻紙に美しい墨書であった。文章はいうまでもなく端正な候文《そうろうぶん》である。しかし驚いたことに文中の名詞の大部分が印判で押してある。

そのときの文章は、残念ながら手元に残っていないが、初めて演じた直面の能に閉口したことが、「直面の能、よほどの名人ならずば、かなうまじ」という世阿弥の言葉を引いて切々と綴《つづ》られていたと記憶している。

橋岡さんから当時頂いた沢山の古い手紙の例を、写せる限り写してみよう。たとえば昭和四十二年十一月十三日の手紙はこうして始まる。

「復啓
遽《にわ》かに秋深まりたるを覚え候
御機嫌よく被為在《あらせられ》候事欣慶《きんけい》至極に存候
陳者《のぶれば》　九月三日付瑶函《ようかん》敬受致しつつ未だ十分なる御返事差上げず
失礼の段御宥恕《ゆうじよ》　賜度候《たまわりたく》」

さらに私がアメリカに留学していたころ、彼がフランス政府の招聘《しようへい》を受けて、外遊したときの挨拶《あいさつ》状は次のようであった。

北米合衆国コロラド州デンヴァー市、
ジュリヤン街二、三四九番地

に始まる葉書は、領事館を通して届けられた。

多田富雄兄

拝啓・新樹美しき好季尊堂愈々《いよいよ》御勝常欣啓《きんけい》に存上候
陳者私儀今般測らずも佛國政府招聘《しょうへい》の榮を贏《え》、藝術部門給費を受け
巴里に留学《りゅうがく》いたすことと相成申候事、平素御引立頂く賚《たまもの》と奉鳴謝候
来《きた》る六月廿日頃出立、本年晩秋歸國《きこく》の心算に御座候
短き滞在日子《にっし》を生かし勉励の覚悟に御座候・云々

とある。外国にあってこのような手紙を受けて、嬉《うれ》しかったのをよく覚えている。

私のワープロではこれだけ打つにも一字一字探すので、これ以上はご容赦願いたいが、その最初の手紙でも、延々と私の質問に箇条書きで候文の答えが記されてあった。そういう手紙が、百通以上手元に残っている。爾来《じらい》、私は橋岡さんの手紙が来ると、家内や子供に読ませ、古文のレッスンをした。

さて本文中の漢字部分の大半は、大小不ぞろいの印判で押してある。こんなのは見たことがなかった。漢字の手書き部分も、一切略字を使わず、すべて旧漢字である。私は度肝を抜かれ、橋岡さんが相当の変人らしいと確信した。これほど大量の印判を持っていることすら摩訶《まか》不思議であった。考えるだけでも面倒くさいではないか。本字をよく知っているのに、それに決して悪筆ではない。

後でわかったことだが、橋岡さんの居室には、りんご箱三つ分の印判があり、そのどれになんという字の印判が入っているか、本人しか判《わか》らない順番に並べてあって、一目瞭然《りょうぜん》だという。候文では言い方が決まっているから、印判にしておけば間違うことがない。辞書を引くことも少ないから、かえって簡単ですともいった。印判なら間違った文字は書くことがございません。それに私は悪筆ですから。

こうして文通が始まった。印判だらけの候文の橋岡さんの手紙を受け取るのは楽しみだったが、なんとなくお会いするのは気が引けて、単なる一ファンで満足していた。親しくお会いしたのは、私がアメリカから帰って数年がたっていた。

それから四十年を超える長い、そして親密なお付き合いが続いた。それは橋岡さんが八十歳で急逝されるまで続いた。これからお話しするのは、一見奇矯と見える天才能楽師の、演劇の神、ディオニソスに憑かれた生涯の断片である。それはあるときは胸を打ち、あるときは笑いに包まれた生涯であった。

彼自身の表現によれば、私たちの仲は、

「金烏《きんう》とび、玉兎《ぎょくと》走れり」

というような間柄だったのである。

橋岡久馬さんの父は、後に芸術院会員となった名人、橋岡久太郎であった。橋岡家は、七代続いた能楽界の名門である。当時久太郎は、「淡交会」というお能の会を主催していた。私は頻繁にこの会に足を運び、幸運にも久太郎名人の最晩年の名演を見ることができた。久馬さんの「高野物狂」も、久太郎を見るためこの会に行って、偶然目にしただけであった。当時は安い学生席というのがあった。

幼時から名人久太郎の薫陶《くんとう》を受けて、天才の聞こえが高かった久馬さんは一身に橋岡派の期待を受けて育った。父もまた彼を後継者として厳しく稽古《けいこ》した。久太郎も新しい工夫をして、能楽界の話題をさらった名手であった。

橋岡さんは、お能が子供のときから大好きで、ボール紙でお面を作って遊んだという。幼稚舎から慶應義塾に学び、大学では国文科、蕪《ぶ》村《そん》を卒論にしたそうだ。しかし卒業したら能楽師ではなくもっと堅い商売を選ぼうとしていた。何しろ時局は第二次世界大戦の末期だった。何か着実に口を糊《のり》する職業はないかと探していた。それでフランス語の教師になる決心をした。教師になるつもりだったのだから仏語は専門的に勉強した。

橋岡さんは、だからフランス語はぺらぺらだった。息子たちはフランス語で小遣いを頼まなければもらえなかったし、内弟子とはフランス語でやり取りしていたという。フランス巡演中は出演料の交渉など、フランス語でやった。あの風貌《ふうぼう》で、フランス語でまくしたてられると、同国人もたじたじであったろうと思う。

さらにソムリエ顔負けのワイン通でもあった。本番前にワインを半分くらい飲み干して舞台に出るのも普通だった。

しかし応召して間もなく敗戦となったので、望むと望まざるに拘《かかわ》らず、能楽師という家業を継いだという。はじめから、名門の御曹司、それに才能に恵まれた若き能楽師は一身に名声を集めていた。観世銕《てつ》之丞《のじょう》家の若き俊才、観世寿夫《ひさお》と人気を二分していたらしい。

ところが復員して間もなく、肺結核の診断を受け、長い闘病生活を余儀なくされ、かろうじて胸郭成形術で結核を克服した。しかしその結果片肺摘出され、能楽師として一番大切な呼吸機能と立ち姿の美しさを失った。曲がった長身に、安定さを欠いた立ち姿は能楽師として致命的だった。そのころから極度に直射日光を嫌うようになった。

私が見た「高野物狂」の能は、長い結核療養生活から舞台に復帰して間もなくのことだった。この能で、橋岡さんは己の肉体的欠点を逆手に取り、退屈な直面の男物狂いを、凄《すさ》まじい情念の劇に仕立てたのだ。

橋岡さんはあらゆる物を呼ぶにも、古い言い方にこだわった。特に外来語のカタカナ表記は嫌いだった。バスは乗合自動車であったし、したがってバスストップは停留所であった。

「省線《しょうせん》で御茶ノ水まで行って、乗合自動車にのりかえ、本郷三丁目の停留所で降りるのが、お屋敷に行くには近道ですね」

などという。当時の国電を、省線と呼んだ。

スキーは「雪滑り」、スケートは「氷滑り」である。エレベーターは「昇降機」、ステレオは「蓄音機」、マイクは「集音機」などは良く使われ、後に熱中されたワープロを「打字機」と訳されたのはお見事と思っている。

橋岡さんの四男のお孫さんが小学校に入学したときのはがきでは、「長女は、元氣に背嚢を背負ひ、尋常小学校に通学致し候ひしや。」とあった。最初、背嚢《はいのう》が分からず、文章を読み返してやっとランドセルだと気づきました、とのことだ。

万事その調子だったが、それを押し通すには限界もあった、ある日彼の三男が、

「お父さん、ラジオはどういうの？」

と聞いたらしばらく考えて、

「それはラジオでよろしい」

と恥ずかしそうに答えたという。

　私がある座談会で、

「先生は日常生活でも大変ユニークな方で、いつも和服に二重回しといった服装をしている。洋服は一着も持っていないというのは本当ですか」

　と聞いたら、

「いえ、それはノンです。否定の問いに肯定の答えですから〝Si〟ですね。数着三つ揃《ぞろ》いの背広を持っております。しかし、六、七年に一度しか着ません。背広を着て家の前に立っていても隣近所の人は挨拶しませんよ。私であることが分からないですから」

　という答えだった。やはり三男の記憶では、一度休暇に蒸気機関車に試乗しにいったとき、みんなは普段着だったのに、お父さんだけは黒い三つ揃いの背広に威儀を正していたという。

「たかが蒸気機関車ですよ。恥ずかしかったことは今でも忘れない。それが唯一《ゆいいっ》、父が洋服を着ていた記憶です」

ある冬の日、たまたま日本橋の三越前で、橋岡さんが歩いているのを目撃した。彼は和服に二重回し、中折れ帽をかぶり、ステッキを突いて、交差点の前で信号を待っていた。あっぱれ優雅な古典的紳士姿であったが、信号が変わると我先に人々が急ぐのを尻目《しりめ》に、幕が揚がって、シテが橋掛かりを歩む速度で歩んでいった。印象的な光景であった。

結核のため直射日光を極度に嫌って、ボルサリーノの中折れ帽をいつも目深《まぶか》にかぶって、ドラキュラのような生活だとお子さんたちは言っていたが、髪が乱れると櫛《くし》と小さな手鏡を出して几帳面に直していた。その手鏡と櫛は、お孫さんの幼女から貰《もら》った可愛《かわい》い猫のマークがついたプラスチックの玩具《おもちゃ》だった。

もっと若いころから橋岡さんを知る人から聞いた話である。若いころも、着物に二重回し、こうもり傘をステッキ代わりについていたのは同じだったが、植物採集の胴乱のような鞄《かばん》を肩にかけ、電車（省線）に乗ったらドアの前に胴乱を降ろし、その上に腰をかけていたという。病身を休めていたのかも知れないが、あの胴乱には何が入っていたのであろうか。奇行とはいえ、合理的理由があったはずである。

もうひとつ橋岡さんを知る手がかりを書いておこう。神経質なまでに古い地名にこだわり、日本であっても古い行政区分に固執した。慶應の中等部時代の地理の地図を絶対なものと信じており、とても大事にしていた。

四男が子供のころ、

「日本で一番高い山は？」

と聞くと、

「新高山《にいたかやま》」

と即答した。

「富士山ですよ」

というと、

「いや、富士山は三番目だ」

とまた即答した。

国名はすべて漢字だったし、何より日本の領土（赤く表示）が随分大きい地図であった。仏蘭西《フランス》、英吉利《イギリス》はもとより、葡萄牙《ポルトガル》、白耳義《ベルギー》、伯剌西爾《ブラジル》など漢字でなければすまなかった。

私の初対面のときも、橋岡さんは、

「お国はどちらですか」

と訊《き》いた。

「茨城県です」と答えると、

「茨城のどちらですか。茨城はいりくんでいるから」

と聞き返した。なんとめんどくさい人なのかと思いながら、

「茨城の結城です」

と答えると、わが意を得たりといわんばかりに、

「ほう、それならやはり常陸の国ではありませんな。下総《しもうさ》でしょう」

といった。

四男がやはり茨城のつくばに移住したときも、それは常陸の国ではない。下総国（總州）になるから注意しろと教えた。

「お前ね〜。利根川過ぎたら何でも常陸の国じゃないんだよ」

と、たしなめたそうだ。どうやら彼の頭の中には、幕藩体制の国の行政区分が、正確に描かれているようだった。

橋岡さんの手紙にも県名は出てこない。ご自分の住所も、「總州、佐倉市ユーカリが丘四丁目一番地」と印刷されている。すべてがこういう調子だった。

橋岡さんが、一見奇矯とも見える自分の流儀をかたくなに守ったのには、深いわけがあった。むしろ綿密な計算が身についてしまったのだと思う。彼のいくつかの能を描きながら、ディオニソスの呪縛《じゅばく》に憑《つ》かれた類《たぐい》ない演技者の姿を思い出しておこうと思う。

二

能楽師の子弟は、子供のころから伝統的な基礎技能を叩《たた》き込まれている。その方法は、徹底的な身体訓練と暗記である。世阿弥はその方法論を、「年来稽古条々」に年齢別に詳しく記している。いずれにせよ、三十歳くらいになる前に、謡《うたい》や舞の基本、囃子事《はやしごと》その他の技芸を、懸命に稽古しておくことが肝要だと力説している。それによって、どんな見巧者の目にも耐えうる、役者としての技量と容姿が作り出されると信じられている。

その三十歳前に、橋岡さんは肺結核の胸郭成形手術で、片肺を摘出されたのだ。長身の体は曲がり、構えの姿は無残に壊された。

これでは能楽師になることは諦《あきら》めなければなるまい。橋岡さんも一時はそう思ったらしい。大学で身につけたフランス語で生計を立てようと思った。でも大好きだった能の稽古は人一倍熱心に続けた。膨大な能の囃子事や小書き（特殊演出）についての知識はこのころ蓄積したものだ。

私には、当時の能楽界の偏見といじめが、一見奇矯にも見えるほど、橋岡さんが自分の流儀にこだわった理由になったように感じられる。

幼少から異才を誇っていた上に、狷介《けんかい》な性向を持った橋岡さんは、身体的な弱点を抱えて、どうすればいいかを思案した。肉体の欠陥は、単に稽古を重ねて隠せばいいというようなものではない。それは誤魔化しによる隠蔽《いんぺい》にすぎない。

表面では家柄に頭を下げながら、裏では片肺を無くした体の弱点を理由に、まるで能になっていないと全否定するような古参の能楽師の中で生きてゆくにはどうしたらいいのか。弱点を隠そうとすれば、ますますひどく侮蔑《ぶべつ》されるのがおちだ。

父の橋岡家七世久太郎の生前は、名人の嫡子《ちゃくし》というだけで何とか通用した。でも裏では、長老たちの偏見と批判の的だった。八世を継いだ若い橋岡さんは、そういう陰険な能楽界の意地悪に常に晒《さら》されなければならなかった。

「構えがなっていないじゃないか。いくら名人譲りの新奇な工夫をしても、所詮《しょせん》体型が能にはまるで向いていない。絶えず前後に揺れているし、背筋が曲がっている。能の体にはなっていない」

橋岡さんへのバッシングは、父の死後、日を追って強くなり、出演の機会は激減した。

何とかして舞台にあがる機会を持たなければならない。幸い、個人で主催する橋岡會のほかに、彼の能の芸術的価値を認めた学生能楽鑑賞会という、若者が主催する会が橋岡さんの思うとおりの演能の機会を作ってくれた。ここを拠点にして、橋岡さんは徹底的に自分を表現した。その会は、橋岡さんの戦いの場となった。戦うには自分の欠点を逆手にとって、相手を圧倒するほかない。そう本当に思ったかどうかはわからないが、若いころの橋岡さんは、結果的にその道を歩んだ。

この学生能楽鑑賞会という主流ではない会で、数々の名演が記録された。会はいつも満席であった。橋岡さんはいつも、一握りの若い熱狂的ファンに囲まれていた。

それでも、偏《かたよ》った技術と容姿は、同業者の長老の格好のいじめの対象であった。知識があればあるほど、

「橋岡は若い癖に何でも知っているが、芸が駄目だ。体が駄目だからね。まともに見ていられない」

という批評が大方であった。

橋岡さんが早く老人になりたくて、六十歳から、六十翁《おう》久馬などと

老人ぶっていたのは、若いからと侮《あなど》られない護身術であった。

そんな前例はないわけではなかった。金春《こんぱる》流の先々代の宗家、金春八条（光太郎）は、若いとき暮らしに困って、列車の連結士をしていたが、あるとき列車に腰をはさまれ、体が不自由になった。しかし光太郎は、それを逆手にとって、鮮烈な芸風を作り出し、晩年は名人の名を高くした。

障害者の体で舞った晩年の「景清《かげきよ》」の演技は、切々とした合戦話や深い別離の心情で、若い私の心を鷲摑《わしづか》みにした。やはり晩年の「卒都《そと》婆《ば》小町」では、まるで便壺《べんつぼ》から立ち上がったばかりのような姥《うば》が、まさに小便のにおいがするような、生々しい老女の寂寥《せきりよう》の舞を舞った。これらは私の記憶に今も鮮烈に焼き付けられている。

「非風《ひふう》却《かえ》って是風《ぜふう》となる遠見あり。これは上手の風力を以《も》って、非を是に化かす見体《けんたい》なり」

と「至花道」で世阿弥も言っている。

橋岡さんもそうだった。それを正当化するために彼が取ったやり方は、古格に帰ることであった。伝統というのは、古いことを守るのではなく、常にそれを新しく変革していくことである。能のような厳格に伝統を守ってきた芸能にも、常に変革の蓄積があった。決して古いことを繰り返しているわけではない。いつの間にか異質になったものもある。

橋岡さんはそういう伝統の危うさをよく知っていた。皮相な伝統というぬるま湯の中で、安住することを恐れた。それは世阿弥の嫌った

「住劫《じゅうこう》」ではないか。

橋岡さんは、伝統という変わり行くものをいったん捨てて、変わることのなかった古い形式に拠《よ》り所を求めた。近年の能が工夫して打ちたてたスタンダードのような芸を見捨てて、今では異端ともなった古い芸態を復元した。周りを見れば、六百年の能楽の歴史の中で、ほとんどのものが江戸時代に式楽風に変わっているではないか。そこで確立したスタンダードが必ずしも正しいとは限るまい。その中から、真に古格のものだけを発掘していったのだと私は思う。

T・S・エリオットが、「伝統」という変わり行くものの中を貫いている「正統」という、より堅固なものを求めたように、橋岡さんは伝統芸能の中に、古い原型を見つけようとしたのだと私は思う。なんでも正統でやりさえすれば、文句は言わせないという計算だった。その上で自分の心の赴くままに演技したかったのだ。

巻紙の候文《そうろうぶん》も、地方の古い呼び名も、そういう彼の流儀の表れであった。それを基準にすれば、誰がなんと言おうとかまわない。

実際の芸の上でも、橋岡さんは古い型式を重んじた。現代では、時間を節約するために三段に省略する舞を、いつも昔の正式であった五段に舞った。囃子方が、

「橋岡さんから、今日は普通の寸法でお願いしますといわれると、実は普通の三段ではなくて、今では例外的な五段に囃せという意味ですから厄介です」

とぼやいていたのを何度も聞いた。舞の段のみならず、すべての囃

子事に一切省略はしなかった。古い囃子の手組みを復活させ、好んで使ったのも囃子方泣かせだった。

ちょっと専門的になるが、能の謡には、地拍子というものがある。現代では、平ノリという部分は現代風の地拍子で謡われるが、橋岡さんは江戸時代まで使われた「近古調」という拍子当たりで謡っていた。そのため古風で田舎くさい、しかし古格で伸びやかな謡であった。他の家の謡とは合わない。いずれにせよ囃子方泣かせであった。白洲正子さんをはじめて橋岡さんの能に連れて行ったとき、

「今日は室町時代の能を見たようでした」

とお便りをいただいた。

その性向は、日常生活にも現れたのだと思う。私がある賞を頂いた

ときに、橋岡さんからのお祝いは両手で一抱えもある赤い薔薇《ばら》の花束であった。そんな大げさなお祝いを頂いて私は恐縮してしまった。しかし後で聞くと、ほかの人も正式のお祝いには同じ薔薇の花束を頂いて閉口していた。

橋岡さんの妻の静子さんが、糖尿病を悪化させて肺炎となり、昏睡《こんすい》状態に陥ったことがあった。緊急事態であった。私は日大病院にいた友人の医師に紹介して入院させ、事なきを得た。退院の日、橋岡さんは例の古典的いでたちで病院にお礼に訪れた。帰りにエレベーターまで送ってきた医師に、橋岡さんは突然閉まろうとするエレベーターに土下座して、頭を床にすりつけた。そのとたん、エレベーターの自動ドアがスウッと閉まったそうだ。医師はまるで芝居を見たようにびっくりして、私に電話してきた。

橋岡さんは、妻の危急を救ってくれた医師への、最大の感謝の真情を現したに過ぎない。私が彼の「高野物狂」の能の高師の四郎の演技に、「ただただ真実だった」と述べたのも、橋岡さんのこんな心情を見たからであった。

いまひとつ、彼を孤独な戦いに追い込んだものがあるらしい。それは、父久太郎が亡《な》くなった後の遺産相続であった。七世久太郎は昭和三十八年に他界したが、後には能舞台、能装束、能面をはじめとして分割不可能な文化財が残った。

これを分散させてはいけない。いずれも門外不出の家の宝として伝えられた名品である。

橋岡家には、長男久馬のほかに次男久共（慈観）がいた。同じく能楽師として研鑽《けんさん》を積んでいた。久馬と違って観世流の正統派で、姿もよかった。当然遺産分割の争いが起きたと思われる。

久馬さんは、能道具が分散することを嫌い、多くを自分で相続した。当然、久共氏の側には不満が残った。お弟子さんの多くは、人格の円満な久共氏の側についた。それにこの舞台はお弟子さんたちの膨大な出資があって建ったものだ。それから、兄弟の骨肉の争いが続いていたらしい。この舞台は当時赤坂榎町にあったから、榎町舞台といった。稽古《けいこ》舞台だったが、武州檜《ひのき》の無節の材木を使っていた。音の響きがよく、囃子方の評判がよかったし、ここで謡《うた》うと下手でも上手に聞こえた。

橋岡さんは、赤坂から北区に引っ越す際に、この舞台も持っていった。これが兄弟の仲を決定的に悪くしたらしい。能楽界の多くも、弟子たちも弟に組した。

「あんな天才なのに、お金には汚い。人間性がない」

と、私の知っている笛方の長老が酒席でぼやいたのを聞いたことがある。

私は詳しい事情は知る由《よし》もなかったが、橋岡さんが、

「お金には汚い、現金が一番好きなようだ」

と囁《ささや》かれた理由が、この舞台問題にあったのかと推察する。当人は常識円満な普通人だと信じていたが、世間の見る目は、下世話で冷たかった。

孤立した橋岡さんは、観世流の主流とは離れて、ますます自分の芸に沈潜するようになったのだと思う。

前置きが長くなったが、こういう背景でお付き合いが続いたのである。その間に私の見た橋岡さんの芸は、当時のいかなる名人の名演にも匹敵する、強い印象で私の記憶に刻まれている。それを回想の舞台にもう一度立たせて、この天才を偲《しの》ぼうと思う。

まず思い出すのは昭和六十一年の「道成寺《どうじょうじ》」の舞い納めのことである。

橋岡さんは六十三歳のとき、「道成寺」をもう一度舞うと言い出した。それも「赤頭」「中之段数躙《かずびょうし》」「五段之舞」という重い小書（特殊演出）付きであった。

　そもそも道成寺という曲は、男に捨てられた女の恨みが蛇となって日高川を追いかけ、鏡に隠れた男を取り殺すという物語を描いた、劇的な能である。とりわけ女の情念を表現する「乱拍子」という激しい、しかし長い静寂の間をおいた足使いで有名である。小鼓《こつづみ》一丁で囃す、裂帛《れっぱく》の気合に乗せた、特殊な足使いと足拍子である。さらに急転直下に、激しく早い「急之舞」に直結する劇的な舞に続いて、重い作り物の鐘が轟然《ごうぜん》として舞台に落下し、シテはその鐘に命がけで飛び込むという、秘曲中の秘曲である。一般には、体の利《き》く若手の能楽師の登竜門として演じられることが多い。それを六十三歳の、体に欠陥のある橋岡さんが演じるというのだ。

「赤頭」は、通常後シテが、黒髪の鬘《かずら》を乱して、鐘の下に現れるのだが、この小書では、真赤に染められた髪を振り乱し、恨みをめらめらと燃やす造形だ。その他、通常三段の舞が五段になり、乱拍子の「中之段」に数拍子を踏んで、感情の高ぶりを見せるなど、いろいろな秘伝に彩《いろど》られた小書である。なまなかの芸では到底演じきれない。彼はこの曲を、もう生涯二度と舞わないという「舞い納め」として舞うと宣言したのだ。

ところがこの公演の五日ほど前の晩、橋岡さんは自宅で畳に手をついた拍子に、左手首の橈骨《とうこつ》、尺骨ともに骨折し、しかも骨が皮膚を破って突き出るという致命的な重傷を負ったのである。深夜に電話を受けた私は、日本医大の救命救急室を紹介し、とるものもとりあえず手術室に急いだ。

「多田博士はよほど慌《あわ》てて来てくださったらしく、靴下も履かずに素足に短靴を履いて現れましたね」

と、後で橋岡さんは述懐した。

深更に及ぶ救急治療と整復の末、左腕は肩からギブスで固定されてしまった。五体満足な青年能楽師にも困難な「道成寺」、それも厄介な小書付きを、この体で務めることはまず不可能なことだった。私も周りの人たちも、誰を代役にするかと気をもんでいた。橋岡さんの出演はもう諦《あきら》めるほかない。第一、後見の助けがない真っ暗な鐘の中で、一人で重い装束を換え、面を「般若《はんにゃ》」に換え、その紐《ひも》を固く頭の後ろで結ばなければならない。ちょっとでも緩めば、全部が無残な失敗になる。

そのほか、この曲では沢山の秘伝、口伝がある。たとえば、

「もし逆上の節は、竹筒の水にて口を潤《うるお》すべし」

というような注意まで、書き記されているそうだ。そのくらい鐘の中でやることは多く、秘伝に包まれている。私も家の方も、代役を立てるか中止するかを考えていた。手術した医師も、

「もし骨が急にずれたら、あなたは失神しますよ」

と注意した。橋岡さんは、無言でうなずいた。

しかしその夜、病院の鉄のベッドに横たわった橋岡さんは、たった三本の指しか動かない左手を使って、ベッドのパイプに結わえつけた紐を結ぶ練習を始めていた。でも私は、彼が本気で自分で出演すると

は思っていなかった。道成寺とはそのくらいの難曲なのである。

まだ骨が癒合していない手で、乱拍子の扇を持ち換え、五段の「急之舞」を舞い、落ちてくる鐘に飛び込む。触れれば大の男が大怪我《おおけが》をする荒業だ。それよりも、重いこのギブスで固められた腕で、どうしてだれの助けもない鐘の中で、重い緋《ひ》の長袴《ながばかま》の紐を結ぶことができようか。そのほかにも、赤頭を着け換え、一人で数々の秘事をこなさなければならない。左手は肩までは上がらない。面の紐はどうやって結ぶのか。公演まで残されたたった五日間、橋岡さんは病院のベッドの中で、この難問と闘い、いくつもの工夫でこの難関を切りぬけた。

いよいよ公演当日になった。会場の国立能楽堂は異様な雰囲気に包まれた。

「本日のシテ橋岡久馬は、急の事故のため御見苦しき事あらば、平に御寛恕《かんじょ》を賜りたく願いあげ奉《たてまつ》り候」

という貼《は》り紙が出された。危険を知っている医師は、救急車を能楽堂に待機させた。

息を吞《の》んで見ている私たちの前に、「習之次第」という不気味で荘重な囃《はや》子《し》が奏され、幕の向こうに、シテの橋岡さんの白拍子の姿が見えた。「近江女《おうみおんな》」という蠱惑《こわく》的な女面をつけ、体は不安定にヒョイヒョイと時間の裂け目を飛び越えるように目の前に立った。習い事の囃子に、重々しく登場する常の型とはまるで違った無造作な現れ方であった。左の袖口《そでぐち》からは、白いギブスが重く痛々しく覗《のぞ》いている。

眼目の乱拍子になった。小鼓がイヤーと裂帛の気合で長い掛け声を発した。それと同時に、シテの右足がスッと一足前に出て、白い足袋の爪先《つまさき》をスウッと上げて外側に回す。その後の長い静寂。小鼓がポンと打つと同時に、シテの真っ白い爪先が降りる。三十分にも及ぶ、小鼓とシテの息詰まる一騎打ちである。その間に、突然体を崩して身を避けるように向きを変える型や、足音も高く数拍子を踏むなどの段が刻まれる。左手に扇を持ち換えるとき、ギブスにくるまれた左手がチラッと唐織の袖口から覗いた。しっかりと扇を握っている。

あの傷口を見ている私には、舞台の小さな動きにも鋭い痛みが、体中を突き抜けるのを感じないわけにはゆかなかった。そして急転直下の五段の急調の舞を、狂気のように舞い上げて、烏帽子《えぼし》を払いのけ、釣鐘の下に走りこみ足拍子をいらだつように踏んで、ヒョイと鐘のふちに右手をかけ、軽々と跳んだ。その瞬間、何人もの屈強な男たちに引かれていた釣鐘は、轟然と音を立てて舞台に落ち、跳びあがった白拍子の姿は鐘に吸いこまれ視界から消えた。こうして前場の難しい鐘入りは成功した。

しかしそのときには、橋岡さんが鐘の中で無事であったかどうかは、外の観客からは分からない。真っ暗な鐘の中で赤い長袴に穿《は》き換え、面と頭を付け換え、執念の蛇となって現れるまで分からないのである。長いアイ狂言の間、私は橋岡さんが鐘の中で倒れているのではないかと気が気でなかった。

ワキの住僧の唱える呪文《じゅもん》に続く、

「撞《つ》かねど、この鐘響きいで」

という急調の地謡《じうたい》に答えるように、鐘の中からジャンジャンという
ドラの音が響き渡ったとき、初めて鐘の中の橋岡さんが、無事に装束
を付け換えたことが分かった。まもなく再び挙げられた鐘の下に、メ
ラメラと燃え盛るような赤頭を振り乱し、嫉妬《しっと》の形相凄《すさ》まじく、目付
け柱のほうを見込んだ後シテが、打ち杖《づえ》を持って立ち上がろうとする
姿が、私の涙に曇った目で確認された。

住僧との息詰まるような祈り合いに負けて飛び上がって下居し、橋
掛かりを走るかと見るや、一の松でひらりと跳んで、悠々と幕に入ろ
うとするシテの背後からは、観衆の歓声とも安堵《あんど》ともつかぬ、ため息
が起こった。その後に万雷のような拍手が続いた。

ここには橋岡さんの二つの面が表れているように思われる。深夜の

病棟のベッドで、痛む手で際限なく紐を結び続け、考えを突き詰めている橋岡さん。極端に寡作《かさく》である上に、一曲一曲入念な検討を加え、驚くべき正確な計算と周到な工夫を重ねる。しかし一旦《いったん》舞台に上がると体はまるで根源的な呪力に動かされるように、ギブスの緊縛さえも超えてしまう。子供のころからたたきこまれて肉体化した不思議な内的リズムがゆらめき出し、トランス状態の中にはばたき出し、この人独特のノリとなってあふれ出すのだ。単に伝統に甘んじて、優等生能楽師の能を演じるのではなくて、欠点をさらけ出しても、演劇の神に殉ずるディオニソスがそこにいた。

このころから橋岡さんにはますます人間離れした覚悟が顕著になっ

た。覚悟というより人間性そのものであった。どうやらひとつの山を越えて、芸のみが橋岡さんの関心事になって、世間的な風評などますます遠いものになっていった。

ある日お弟子さんたちが橋岡さんを、有名なフランス料理店に招待した。ソムリエ顔負けのワイン通の橋岡さんとの会食はいつも楽しかった。当日の赤葡萄酒《あかぶどうしゅ》はシャトウ・オーブリオン、ジビエ料理に舌鼓を打った橋岡さんは、ソースがおいしいと、お皿をぺろぺろと嘗《な》め回した。あいかわらずの朗らかなディオニソス振りだった。

暮らしは以前にまして苦しくなったが、能にはかえってお金をふんだんにかけるようになった。舞台でつける面や装束にも以前にましてこだわった。借料には糸目をつけず、どんなに遠くても借りにいった。

家も舞台も売り払って、長男夫婦と一緒にマンション暮らしになった。

しかし、お手紙には決意のようなものが現れていた。

「能面一面、『泥眼《でいがん》』、不知作、江戸時代初期の名品を、貴家にお納め申したく候《そうろう》。値は百二十万にて候。云々《うんぬん》」

などというお手紙を時折頂くようになった。買ってくれとは書いてない。中には伝愛智《えち》作の「小面《こおもて》」もあった。これを手放さなければならないとは、よほど逼迫《ひっぱく》しておられるのだろうと思った。それまでも何度か小鼓の胴など、御世話して頂いたが、いつも満足のいくよい買い物だったので、毎回頂くことにした。もし入用だったら、いつでもお使いくださいという条件で、橋岡家の能面をいくつか預かっている。

橋岡さんはもはや一切のものには執着していないようだった。

私の新作能の上演のときも橋岡さんはお金には無頓着だった。よい舞台を作ること以外は眼中になかった。

私は平成三年に、脳死と心臓移植を主題にした新作能「無明《むみょう》の井」を書いた。あまりに現代的主題なので話題を呼び、上演当日は国立能楽堂の通路にまで人が座り込み、村祭り的盛況と評された。私自身は、当時話題になっていた社会的、倫理的問題を、能という静かで強い表現手段を通して、冷静に考えてみようと思ったからだ。

ドナーとレシピエントという全く立場の異なった二人を能舞台の上で邂逅《かいこう》させて、それぞれの苦悩を語らせる。私たちはその声を聞き、臓器移植という医学的な問題の倫理観を、体で実感させようという意図があった。

私は橋岡さんが新作能を嫌っていることを知っていたので、やってはくれないと思っていた。しかし駄目でも助言くらいもらえるだろうと、草稿を恐る恐る見せた。ところが数日後に例の候文で、詞章と節付けについて、詳細な問題点を指摘してくれた。自分がやるとはいっていなかったが、演出の要点はそこに書いてあった。私はもう一押しすれば橋岡さんを説得できると意を強くした。

橋岡さんはこの能に全力で取り組んだ。まず脳死の男、難破した船の船頭の造形を何日も考え抜いた。装束は、古い擦り切れた水衣《みずごろも》の上に絓《しけ》水衣を二重に羽織り、半切《はんぎり》という大きなはかまを穿く。面は私が学生のころ買った「阿波男《あわおとこ》」という変わり型の男面に決まった。あとは、頭をどうするかで議論になった。通常の黒頭ではあまりに平凡だ。

橋岡さんは新しく灰色の髪が混じった頭を、長岡市に住む鬘職人に注文するといった凝りようであった。初めての上演でうまくいかないかもしれない新作能のために、出費の多い頭を作らせるという気の入れようであった。

この能で、「脳死の男」の霊は、舞台の上で、自分の心臓を移植され生き延びた女の霊と出会う。彼は動いている心臓を摘出される無残な体験を自ら語る。

「医師《くすし》ら語らい、氷の刃、鉄《くろがね》の鋏《はさみ》を鳴らし、胸を裂き臓《きも》を取る。おそろしやその声を、耳には聞けども身は縛られて、叫べど声の出《い》でばこそ。

のう、我は生き人か、死に人か！」

と叫び問いかける。その後、「カケリ」という所作になるところで、灰色の頭で振り向きざま、いぶかしい表情で観客のほうを見た。灰色頭の効果で、男の苦悩にあえぐ表情はゆがみ、すばらしい舞台効果を見せた。決してお金に汚い人のやることではなかった。

この能はニューヨークタイムズでも、「心の凍る瞬間があった」と取り上げられ、やがてニューヨークをはじめ、アメリカの三都市を巡演することになる。日本でも何度となく再演されて、この能は橋岡さんの大事なレパートリーとなった。

「道成寺」、「無明の井」と、高度の追求心と、真実の表現の成果に自信を高めたせいか、平成二年ごろから、橋岡さんの能は肩の力が抜けて、明らかに自由になった。約束にとらわれない演技で、しかも透徹した表現力を獲得した。「鵜飼《うかい》」の老人の霊は、いかにも村夫子《そんぷうし》然に、足を蟹股《がにまた》に開いて、「月になりぬる悲しさよ」と、天を仰いだ。

江戸時代には上演が途絶えていた「檜垣《ひがき》―乱拍子」では、川霧に包まれた藁屋《わらや》に住む老いた白拍子の霊の寂寥《せきりよう》を、無造作に開いて座った両脚の間に、だらりと垂らした両手で表現した。その上で、笛方の家に奇跡的に残っていた伝書から復活した、「老女の乱拍子」を四百年ぶりに舞った。

「融《とおる》―十三段之舞」は、月光のもとに浮かび上がった六条河原院の廃墟《はいきよ》に現れた融の大臣《おとど》が、狂気のように十三段の「早舞」を舞い続ける耽美《たんび》的な能である。黛《まゆずみ》に深い憂《うれ》いをたたえた「中将」の面に、長い黒髪を垂らして、これでもか、これでもかといつ果てるともしれない舞を狂気のごとく舞い続けた。その姿は、どこまでが融の大臣か、どこから橋岡さんかわからない、ディオニソスの饗宴《きようえん》であった。

平成十五年の国立能楽堂設立二十年の記念の会で、一時間にも及ぶ「東国下《とうごくくだり》」という、世阿弥も謡《うた》ったという独吟を、ひとことも間違えずに謡ったが、独特の近古調の拍子当たりで、少しもあきさせなかった。

この独吟で、橋岡さんの隠された力は、大方の能楽界から再認識された。能一曲にも匹敵する難曲を片肺とは到底思われぬ、深い息遣いで謡い上げ、長袴の裾《すそ》を引きずって、切戸口に入る後姿に、観客は惜しみない拍手を送った。当人は、もう戦いなど忘れたような、朗らかなディオニソスの姿であった。

平成十五年に八十歳を迎えた橋岡さんは、「これでようやく自由になった。あと四十年は舞える」

と、ますますやる気満々だった。あと四十年では、百二十歳まで生きるつもりかと笑った。新年には、能「天鼓《てんこ》―弄鼓之楽《ろうこのがく》」をさわやかに舞って元気なところを見せたが、その後下痢と嘔吐《おうと》に見舞われ、あまりの苦痛に耐え切れず、東邦大学病院に入院した。いろいろの検査をしたが、診断がつかず二ヶ月が経過した。

やっとわかったのは、肝臓の後ろに膿《うみ》が溜《た》まる肝膿瘍《かんのうよう》という病気だった。東南アジアではかかることがあると思うが、日本ではまれな病気で、本人も心当たりはなかった。

ともかくも原因は分かった。あとは手術するなり、何らかの方法はあるはずである。しばらく入院していればいい。みんな安心していた。しかし橋岡さんは、突然食物を喉《のど》に詰まらせて急死してしまった。看護師が目を離した数分間の出来事であった。

死の数週間前に、私は彼の最後の手紙を受け取った。入院に際しての私の口利《くちき》きを深謝した上で、病院の暮らしの味気なさを綿々とかこっていたが、こういう一節があったのを忘れない。

「『元気が一番、現金が二番』、上手な諺《ことわざ》の通りに候」

とあった。朗らかなディオニソスは、こうしてあっけなく逝《い》ってしまった。

後書き

私はかつて昭和天皇の「殯葬《ひんそう》の礼」に列席したことがある。真っ白な布に覆《おお》われた一室で、皇族を含む何人かが着座して待っていた。陛下のご遺体はこの真っ白なお部屋のどこかに安置されているらしかった。

しばらく待っていると、音もなく電燈《でんとう》がすべて消された。それから小一時間、暗闇《くらやみ》の中で私たちは陛下を偲《しの》んだ。いわゆる「もがりの儀式」はこうしてはじまる。私たちはこの時間のうちに、それぞれの昭和天皇を思い出し、それに付随した時間の記憶を確認し、深い哀悼と鎮魂の思いに浸った。

こうして痛切に思い出しているうちに不思議な感覚に包まれた。陛下が黄泉《よみ》の国から蘇《よみがえ》って、この一室の暗闇のどこかから私たちを凝視している幻覚に襲われたのである。私のまぶたに涙があふれた。戦時の苦しみと戦後の復興に身近で参加されていた昭和天皇のお姿が次々に思い出されて、涙がとめどなくあふれるのをどうしようもなかったのである。

やがて無言で明かりが点《つ》いて、参内者はそれぞれの感動を胸に退出した。心が洗われたような気がした。違った時間に旅をし、昭和天皇に再会した思いだった。こうして私の昭和天皇の鎮魂は完成した。同時に自分がまぎれもない昭和の子であることを確認したものである。

日本には優れた回想と鎮魂の儀式があるものだと思った。

ここに集めた六編の回想記に登場したのは、いずれも私の記憶の中に住み着いていた、親しかった死者たちである。彼らは事あるごとに、私の脳裏を掠《かす》めてはきたが、真剣に思い出したのは今度が始めてである。それは私にとって、一種の残夢に過ぎなかった。

昭和天皇の「殯葬の礼」に教えられたように、切実に思い出すと私の死者たちも蘇える。本当である。私はこの執筆中に何度となく蘇った彼らと対話し、涙を流し、ともに運命を嘆き、そして深い諦念《ていねん》に身をゆだねた。切実に回想すればいつでも彼らに会えることを知った。

そうなんだ。涙で見えなくなったキーボードの向こうに、死者たちの生きた時代と世界がひどく現実味を帯びて広がっていった。私は何度も何度もそこまで彼らを追いかけて行き、同じ空気を吸い、一緒に語り合った。それは多少危険な体験でもあった。そのくらい死者たちの吸引力は強かった。

この回想記のいずれも昭和を生きた人間のことを思い出したものである。それは紛れもない昭和人の生き様である。私の身近にあった異なった昭和の一断片である。

それを私は必死になって思い出した。一行書くにも、ひどく長い時間死者と対話したこともある。

この短編を書いている最後の段階で、私は癌《がん》の転移による病的鎖骨骨折で、唯一《ゆいいつ》動かすことができた左手がついに使えなくなった。鎖骨を折ったことは、筆を折ることだった。書くことはもうできない。まで終止符を打つようにやってきた執筆停止命令に、もうろたえることもなかった。いまは静かに彼らの時間の訪れを待てばいい。昭和を思い出したことは、消えてゆく自分の時間を思い出すことでもあった。

平成二十二年二月十八日

多田富雄

時間の旅

池内 紀

回想をつづるのは難しい。誰にも身に覚えがあるはずだ。回想する、思い出を語る。気がつくと、われ知らず真実を都合よくはしょったり、ちぢめたり、ふくらましたりしている。自分に合うようにゆがめ、変更を加えている。人間には他人に対するとき、つねにどこか自己演出をする性向があるらしい。過去の自分をつたえるなかには、つねに演じる要素がまじってくる。

それは年齢とともに高まっていく。やがて当人が自分の演出に気づかなくなり、演出兼出演者を、ありのままの自分と思いこみ、訂正されたり否定されたりすると、やっきになって反論する。涙を流して抗議する人もいる。

幼いころからの友人だが、大銀行幹部の職を退いたあと、いくつか趣味の世界を遍歴して、最終的にガーデニングに行き着いた。庭いじり花づくりを生きがいにしている。四季おりおりの成果を写真つきで報告してくる。

あるとき夕食をともにしたら、幼いころの話になった。学校の行き帰りに、つれ立って田舎道を歩いていった。途中に小川があって、飛びこしそこねて水に落ちたことがある。友人によると、そんな日々に野の花を知ったのが、現在の花づくりにつながっているという。

「血は争えないもんだねぇ」

あまり関連がよくわからないが、幼いころ身に受けた「血」が、老いの坂にさしかかってうごめきだしたということらしい。

ウソである。たしかに田舎道に野の花は咲いていたが、幼い者はそんなものに見向きもしない。赤バット、青バットのプロ野球選手に熱中していた。紫の小花を目にとめると、足で踏みにじった。タンポポを首からちぎって、たがいに投げつけ合った。黄色いタマであって、花が関与したのは、せいぜいその程度のこと。友人は老いた自分の感性を幼年期に押しつけ、さっぱりそのことに気づいていないのだ。年をとると過去をすりかえ、捏造《ねつぞう》する。それこそまさしく老いのしるしと言っていい。

『残夢整理―昭和の青春―』は稀有《けう》な例外である。これを書いたとき、著者は七十五歳、東大名誉教授、文化功労者。功なり名とげた人の青春回顧であって、消え失《う》せてもはや帰らない歳月と、その間に若き日をともにした仲間たち、忘れ難い人のおもかげ、甘ずっぱいノスタルジアとともに感傷がまじりこみ、おなじみのすりかえ、捏造がまじりこんで当然のところなのだ。

その種のものが一切ない。きれいさっぱり切り捨ててある。それは回想の中にあらわれる人物の伝え方、語り口、消え方からもあきらかだ。過去の時間に等身大の影絵を押しあて、寸分たがわず切りとったかのようだ。

茨城県のある町の旧制中学の同級生。もう一人の同級生は才あって世にいれられない画家になった。昭和二十年代後半に大学の医進課程で知り合った三人。死を覚悟して遺書を書いたが、死よりも残酷な運命のもとに二十歳で夭折《ようせつ》した従兄弟《いとこ》。病理学教室の恩師。親しんだ能の奇才。

なぜか忘れられない人々であって、なんとしても書いておきたい。いずれも別個の世界に生きたはずなのに、どこか自分と重なってきた。さもないと、これほど鮮明に記憶にしみついたはずがない。

タイトルにすでに、事実にそうことの決意が示してある。「残夢整理」、すなわち残務整理であって、職場を退く人のエチケットである。人生の残務整理を思い定めたとき、すりかえが忍び寄る余地はないだろう。

「残夢はひっくり返すと無残である。私はこれから何年、残夢をひっくり返しながら生きなければならないのだろう」

回想の空《むな》しさを知りつつ、その上で執拗《しつよう》に思い返した。

「思えばあのころ、私たちはそれぞれ不思議な夢を見ていたような気がする」

医学者、免疫学の泰斗、多田富雄はまた早くから打ちこんできた能の手だれであった。自分でも演じ、能台本も書いた。過去を夢と見立てたのは、能の作法にならったのだろう。能作者として夢幻の思いに誘われながら、一方では医学者として刻々と迫ってくる死神の足音をしっかり聞きとめずにはいないのだ。執筆の条件からして医者が吐息をつくような惨憺《さんたん》たるものだった。脳梗塞《こうそく》で声を失い、右半身不随。

さらに癌《がん》に冒され、じりじりと全身に転移していく。自由になるのは左手と脳だけ。この特異な回想者は死とつばぜり合いをするようにして記憶を整理し、不自由な左手で一語一語たしかめながらつづっていった。

「N君の夢を見た」

書き出しから夢の作法がなぞってある。だが、つぎの一行はどうか。

「N君は粗末なネルの着物を着て、何かに寄りかかって、木枯しに吹かれながら立っていた」

『残夢整理』に一貫している書き方であって、人物を言うとき、すぐに衣類の記述がくる。

「まだ戦後間もないころであった。紺の絣《かすり》ではなかったが……」

「地味な黒いサージの学生服を着て……」

自分にも、まずいで立ちが述べてある。

「戦闘帽にカーキ色の国民服を着て……」

小さな描写だが、なくてはならない文言なのだ。ネルの着物、紺の絣、黒いサージ、戦闘帽、カーキ色の国民服。もはやおおかたの日本人には、それがどのような衣類で、まずそれを言う事が何を意味しているか、見当もつかないかもしれない。だが、語り手は、そこから始めないと何も始まらない。出だしの一歩であって、その一歩で過去の一点と、それからの方向が定まる。だから「ネルの着物」を報告して、直ちにみずからが疑問を投げかけた。「いや待てよ。一重のネルの着物で木枯しとはおかしいではないか」

それでもやはり「ネルの格子縞《こうしじま》の着物」であって、「子供の着るような紐《ひも》のついた着物」と言い換えてある。「ネル」はゆずれない一点なのだ。紐がついているから、「兵児帯《へこおび》は締めていなかった」。

そうやってようやく、正確な過去の一点と、行くべき方向を見出《みいだ》した。青春回顧は好むと好まざるとにかかわりなくパセティックになりがちで、すりかえと捏造が横行する別天地なのだ。きびしく定点を定め、語るに足るだけのものを語って甘えがちな回想は切り捨てること。

衣類の描写はまた、タイトルにそえられた「昭和の青春」の昭和に特別の意味づけをする。六十有余年を数えた昭和にあって、これは子供には紐つきのネルの着物、学生には黒のサージの学生服、さらに学帽にかわる戦闘帽や学生服の代用であるカーキ色の国民服の昭和なのだ。念願かなって、入学した県立中学は新しく新制高校になり、旧制中学生が「編入」される。

「兵舎を改造した千葉大の木造の校舎で……」

「……通称「ハモニカ横丁」という、両側に小さな店が並んだ一角で、アブサンなど安酒をあおった」

そんな昭和であって、ここには焼け跡闇市《やみいち》や兵舎、軍歌と、ピンタと、敬礼と、号令と、戦陣訓の匂《にお》いがする。そんな時代の影が人物たちを破滅型に走らせる。

「運命は足音を忍ばせて近づいて来た」

その足が踏みしめると、骨が折れるのに似たガレキの砕ける音がした。だからこそ、友人の死は「私の生きた半身をちぎり去った」。

残夢の裏返しの無残は、しゃにむに無暴な戦争をやらかした歳月の帰結であり、いずれひとしく勢いの赴くままに狂乱のような経済復興をやってのける。

人生の終焉《しゅうえん》にあたり、すぐれた医学者がすぐれた回想記を完成させた。甘えがちな自分をきつく戒め、記憶をたどり直すなかでいま一度、人生を生きたぐあいだ。現実にあって同時に、不思議な夢というしかない青春が、メリハリ正しく彼岸に呼びかけるような気合いをこめて語られている。書き終えたとたんに左手と脳は、課せられた時間の旅を終えてハタと機能を停止した。そして二ヵ月後に死が訪れる。ひとしきり舞台狭しと舞いおどった能役者が、やおら向きをかえ、揚げ幕めがけ矢のようにすべっていった。

（平成二十四年十二月、ドイツ文学者・エッセイスト）

本書は、株式会社新潮社のご厚意により、新潮文庫『残夢整理』を底本といたしました。

多田富雄　Tada Tomio（1934—2010）

茨城県生れ。千葉大学医学部卒。東京大学名誉教授、免疫学者。1971（昭和46）年に、免疫反応を抑制するサプレッサーT細胞を発見し、世界の免疫学界に大きな影響を与えた。野口英世記念医学賞、朝日賞、エミール・フォン・ベーリング賞など受賞多数。’84年、文化功労者に選ばれる。能への造詣が深く、新作能も手がけた。著書に『免疫の意味論』（大佛次郎賞）『生命の意味論』『独酌余滴』（日本エッセイスト・クラブ賞）『私のガラクタ美術館』『寡黙なる巨人』（小林秀雄賞）『イタリアの旅から—科学者による美術紀行—』『脳の中の能舞台』『わたしのリハビリ闘争』など多数。

残夢整理―昭和の青春―

（大活字本シリーズ）

2016年12月10日発行（限定部数500部）

底　本　新潮文庫『残夢整理』

定　価　（本体3,300円＋税）

著　者　多田　富雄

発行者　並木　則康

発行所　社会福祉法人　埼玉福祉会

埼玉県新座市堀ノ内3―7―31　〒352―0023

電話　048―481―2181

振替　00160―3―24404

印刷製本所　社会福祉法人　埼玉福祉会　印刷事業部

ISBN 978-4-86596-124-9